阿帕式遊戲

子謙 著

目次

【各界名家推薦】 5
序 7
破 79
解 167
急 191
【後記】 199
【解說】／冒業 204

【各界名家推薦】

作者參考了二〇一六年荃灣灰窰角街工廈水泥藏屍案，編織出一宗獵奇慘案。這是有關一對兄弟恩怨情仇的故事，也是一個扭曲的愛情故事……如果看完開頭之後覺得這就是此作的故事，就代表你已經徹底被騙。《阿帕忒遊戲》就像一顆洋蔥，一直剝，剝到淚流滿面也依然剝不完。努力吧。努力數算故事有多少層，再到書末核對答案吧。

——Faker冒業（第十六屆台灣推理作家協會徵文獎決選入圍作者，科幻推理評論人／近作《偵探冰室》的〈來自地下〉）

相較於其他類型小說，推理小說發展可說相當成熟，有其嚴謹的規矩、傳統，雖隨時代變化而衍生各種派別，但邏輯始終至上，於是小說家的功力便有了相對可檢視的標準。而為了邏輯，故事背景的法律、常識、物理定律……等也多半設定在現代。

久了，相信不論讀者或是作者，都會發現市面上推理小說讀起來多半似曾相似。畢竟兇手是人、或老或少；刀子不是手拿就是機關，就連身上能刺的器官也就那幾個。若詭計發展如自己預料，還沒讀完心中便早早有了分數。而好的作品就是能在你打出分數後，彷彿嘲弄你似地用情節逼迫你重打分數。

《阿帕忒遊戲》就是如此，而我被迫打出高分。

——叩叩（第四屆金車奇幻小說／第六屆島田莊司推理小說雙料大獎入圍作家）

序

1

擁有著各自節奏的步調，在樓底甚高、卻狹小的唐樓梯間響徹不止。兩人踏著梯級，默不作聲地拾階而上。

「你要是不來，我早就叫人搬走東西。」

房東的拖鞋懶散、卻又帶點延緩的踩在水泥階級上，發出「沙嚓沙嚓」的聲響，和良腳下的休閒皮鞋所咂下的清脆，來了場即興爵士樂般的不和諧合奏。

「抱歉，要麻煩你了。」

實在不太情願開口的良，不經意的抬眼張望。他注意到左邊剝落了一整片白油漆的石灰牆身，暴露在外的長長裂縫，還有不知道從哪裡延伸出來的電線膠條。賽博朋克遊戲一樣的場景在他眼前顯現，危險處處的感覺，良的神經和視覺都被迫得異常感銳。，他憶起兩分鐘前在唐樓鐵閘旁邊的牆上看到的那一張市建局公告。良相當擔心這棟大樓的結構安全。

「不麻煩。麻煩的是你弟。好好的不玩卻玩欠租。」

即使在本人的兄長就在面前，房東還是說得不客氣。良聽到他似乎有點氣喘，雖然他們只是走了三層樓梯。再過幾次梯間的轉角，房東跟他對上了視線。他揚了揚下巴，良於是就在左邊鐵閘的單位前停下來。

這一層和其他層數一樣，只有兩個大單位。明明還是上午時分，從鐵閘的柱間窺視，即使裡面的木門打開了，裡頭卻還是伸手不見五指般的漆黑一片，僅僅看到事物的輪廓。

房東的左手在鐵閘把手下方稍稍提起，半閘門敞開，「咔啦咔啦」的拉出一個僅夠一人經過的缺口。身型有點豐潤的房東就像是深入張保仔洞探險一樣，側身勉強從那個缺口走進去。良也模仿著。

因為沒開燈的緣故，良幾乎看不見眼前任何的事物，只能夠透過後面樓梯口微弱的自然光，隱約瞥到有點殘破的單位裡面，間分了四間套房——左邊三間，前方一間。於是眼前形成一條筆直的幽暗走廊。

眼睛很快就適應了黑暗，他勉強看到每一個單位的門前也放著雜亂的鞋，右邊還掛著掃把和木梯、還有一塊未拆封的自組裝書架倚著在旁。幾個電錶齒輪行轉的聲音，在良的頭上「的搭」響著。

房東似乎也沒有開燈的打算，只是一直行到走廊的盡頭。良也只好小心翼翼地，把剛剛被他踩扁的鞋輕輕踢回原位，緊隨其後。

他們就走到一道木門的前方。良聽到「哐噹」的聲音，房東手上拿著反射著微光的物件。

「鑰匙就在這裡，」

良伸手接過房東手上的鑰匙。

「你要還，放在樓下的信箱就可以了。」緩緩舒了一口氣，房東又再補充。

良記起剛剛入來的時候，釘在入口牆側的一整排的鐵製信箱，於是點頭示意。他轉身準備開鎖。他聽到已經走開了的房東，在後方叫喚著他。

「說實話，」

房東頓了頓，不知道是吞口水抑或在吐息。

「他不是你弟弟嗎？怎麼失蹤了兩三個月，你也不知道？」

良回頭，看到背著朝陽的房東，勉強從輪廓中看到，房東習慣性一樣，又微微抬起了下巴向他示意。良嘗試從幾乎看不到臉的房東找出眼睛，然後直直盯著他，不發一言。

2

「他這樣就讓你進去？」

仁抬起眉頭，露出一副難以置信的模樣。已經涼掉的貝利酒咖啡，白色的陶瓷杯子一直提在手上。良的印度淡麥啤早就已經喝光了。然而嘴巴還是覺得有點乾的他，沒打算舉手追加。

「因為我和優長得像。」良緩緩的開口，「你也看到吧。」他補充道，接著故意指指自己，向仁示意。

「連鑰匙也給了你？」

「他一眼就看出我們是兩兄弟。而且，我也是被寫在緊急聯絡人裡，大概他覺得沒問題。再說，優不交租，租客換了人，他怎樣也得要換鎖。」

仁將手中的白瓷杯放在水松木製杯墊上面。優在酒杯被侍應從後收起的同時，追點了Jim & Dad's的Rum Barrel Aged，以及一杯水。

不知道從什麼時候，背景歌曲已經從Norah Jones（諾拉・瓊絲）換成了Halie Loren（夏莉・羅琳）。輕盈清爽的嗓音活潑跳脫，唱著英法語交混的動人咒語，顯得跟店內的愈見古樸的紅磚牆身、還有大玻璃窗外那片漸漸轉成昏黃的夏季天色，恰如其分地兀配。

「在電話裡的時候已經覺得很奇怪。」

仁把整個身體倒放在椅背上，手搭在旁邊的椅子。「聲音那麼像。第一眼在這裡看到你，我也以為你是優。為什麼可以長得哪麼像啊？」

怎麼還在討論這個話題？

雖然腦中冒起這種想法，優倒沒什麼不滿。他知道仁對於自己的身分，還是抱有懷疑。

「要不是你沒有紋身，我也不相信。」

良也跟隨著他的視線，瞧向自己裸露的前臂上。縱使他知道自己身上並沒有紋身。

良其實不知道優的紋身是什麼，甚至連他有紋身這件事、在什麼時候紋上也一無所知。良和優上次見面，已經是三年前的農曆新年。以當時天氣，不消說優身上肯定是穿有禦寒功能的長袖上衣。

啤酒杯和酒瓶端來了，放在柚木桌上。留意到客人正在談話的侍應相當細心，杯特意放得相當輕手。不過，酒瓶和桌面碰撞的聲音，還是在良的腦袋中補完。

「那麼，」仁看著良把麥茶般顏色的酒液倒入斜斜舉起的酒杯，繼續剛剛中斷了的話題，「他有沒有留下什麼？」

啤酒並沒有冒起很多的泡沫，和年前旅行時在台北松山的小酒吧喝到的情況一模一樣。他呷了口充滿萊姆酒香氣的高濃度啤酒，順手搖了搖酒杯，讓薄薄的泡沫在酒液表面上重新聚集，接著才把目光瞟向眼神不掩飾地流露些微焦躁的仁。

3

良推開異常輕巧的廉價木門。映入眼前的房間卻不如他想像般骯髒，反倒相當整潔，門「咔嚓」一聲就被打開了。

家具擺設一目了然，不像閒置了兩三個月、完全沒有打理過的單身漢寓所。

至少比自己的窩還見得人。良的腦中盡是跟自己的身份不相稱的想法。

房東早已經被打發走了，他反手就把門關上，一邊把鑰匙放在軍藍色丹寧褲袋裡，一邊環視著住所的擺設。

首先見到的是右邊有一個靠牆的木製大衣櫃，旁邊就是卡其色麻質沙發床，上面放了摺得方正整齊的被枕，沙發下面墊了大概是在宜家傢私買來的白色仿羊毛地毯。沙發旁邊有一盞紙座燈，跟素色牆紙還有仿木薄貼地板比起來相當合襯。沙發對面是一部中價日製電視，電視櫃下層放著一部PS4，機體表面沒有一絲塵垢。櫃子上方的白牆，是一幅裱在銅色畫框裡、畫著湖邊小屋、色澤偏暗泛黃的油畫。客廳的最裡面就是範圍不太大的開放式廚房，隔壁則是洗手間。

跟深色衣櫃相對的是一個直放的飯桌和一個雜物櫃，還有一個貼近門口的大書櫃。良走近書櫃前面，靠著廚房唯一一個窗口透入室內的微弱晨光，細心看著排列著在書櫃上的書背。除了一些漫畫以外，上面幾乎全都是書背寫著英文的法律參考書、案例、坊間出版的犯罪實錄，以及一些筆記本。他隨手翻著筆記本，發現裡面大部分也是剪報，有時會在報導旁邊加上幾句筆記。

良把筆記本逐本拿出，又放回書架上，一面思索著優為什麼會有這麼多關於法律書籍。他最後得出了簡單的結論，就只有優是一個律師，或者他正在考取法律資格。

但是，良在腦中努力回想，他可從沒有聽過優有提過自己有興趣從事法律行業之類，雖然上一次見面已經是三年前，而自從母親過世之後，大家也沒有再碰面了。

最緊要的就是，良不認為優有讀法律的資格。

他知道自己的弟弟並不笨，不過明顯也不是一個擅長讀書的人。他公開試的成績，只是僅僅足夠考上收生門檻不高的科目。當然，優也可以有找到想奮鬥的方向努力的權利。良在這件事上，沒什麼資格去評論。搞不好他真的會為了自己的未來再次努力也說不定，但是良知道優不可能考上律師。

有些事物，即使再怎樣努力也不可能拿得到。

他轉過身來，在大約百餘呎的單位裡面環視。他遠遠注視著廚房裡的兩扇窗口，陽光從兩層比這裡高的唐樓之間照射進來，眺望出外的視野算不上好，然而總算是自然光充足的單位。他看到座立在右手邊的大衣櫃。

一個念頭在腦內閃現，於是他走到木製衣櫃，手放在鐵製把手上。

良嘗試拉開衣櫃，接著他手中感到某種重力也在櫃裡抵抗著。嘗試了好幾次後，良知道衣櫃被上了鎖。

他覺得有點可惜。如果想窺探一個人的生活、愛好和習性，最好的方法就進入他的衣櫃，把他的衣服拿出來，尤其是大衣外套，往往在衣袋裡面搜索一番，也會有著意想不到的驚喜。這是他工作中獲得的寶貴經驗。

可是，也不是沒有任何收獲。為什麼會把家中的衣櫃鎖上？良覺得這一點相當可疑。因為不是放了什麼貴重的物件，一般人也不會把家中的衣櫃鎖得密實，極其量也只是會把衣櫃裡面的小飾物暗櫃上鎖而已。除非裡面藏著什麼不可告人的祕密。察覺到當中違和的良，警覺心都比起收到優的房東來電時來得慎重。

良退開一步繼續四處張望，嘗試再在其他地方入手。雖然那個衣櫃很可疑，畢竟那是人家住所的私人物品，即使是自己的弟弟也好，隨意破壞也是不可接受。

唯有讓優回來才問好了。

良一邊這樣想著，雙腳已經走到雜物櫃前。

他逐一把櫃拉開。裡面裝著的，不外乎一些日常用品，還有公式信件和單據。良把單據逐一檢視，名字的確是優，也就是說這間房子確實是屬於他的。看了好幾張收據的他，很快就把一整疊紙張整齊的放回原位。良無法在裡面找到任何有用的資訊，而且他也找不到自己想找到的東西。

良想到優有著這麼多的法律書籍，搞不好會在櫃裡找到相關的證書，甚至是律師樓的資料，這樣一來，或者可以找到他的交友圈和同事的資料，然後從他們身上入手，把優的去向問出來，至少可以把優的習慣先找出來。不過，良到最後還是無法獲取什麼有用的資料。

但是良轉念一想，可能優把這些重要的資料存放在更方便收藏的地方，又或者，他根本就沒有什麼法律資格，良看到的參考書籍，單純只是優的興趣而已。

想著想著，良重新回到書櫃前面。

他的目光隨著放在書背上的手指掃視著。書櫃上面的書，比起他想到的還要多。要買這麼大量的書籍，究竟要花多少錢？良暗自思索著，但是他的目標，從來都不是這些厚重的參考書。他把一本本厚薄不一的筆記本從書間抽出來，然後快速翻頁。果想了解優失蹤的原因，良直覺找出他的筆記是最好的辦法。良的眼睛不斷掃試，筆記裡面也是一些剪報。但是剪報的類型相當奇怪，從港聞到娛樂、體育到國際新聞，內容相當雜亂，有幾本甚至只是貼了一兩張剪報就沒有了。他像是破解殺人犯留下的密碼一樣，嘗試在裡面找出關聯性，不過他很快又放棄花這種腦筋，這種亂七八糟的剪貼簿，完全沒有任何線索可言。

不過，良還是沒停下手來，繼續抽出新的筆記本。他很有信心會找到他想要的資料。他又掀開另一本筆記，良看到裡面的文字之後，停止了翻頁。不到兩秒，他立刻把書本蓋上。

他撫摸著並沒有註寫任何文字的封面。書背上當然也不會有文字，因為本來也很難寫得出來——那是用黑色人造硬皮製成的筆記本。一條鬆緊帶，從中間緊綁著書頁。筆記本從一開始，就散發出不容忽視的重要性。

然而讓良瞬間神經緊繃的原因，並不單單是這樣。他從剛剛一剎那間窺視到的內容就明白，這確實是他一直想找到的線索。

4

八月的毒陽幾乎讓良體內的水分完全抽乾。剛才來咖啡店的途中，不常流汗的他，就已經花掉一整張紙巾。只怪仁約定的位置，離地鐵站有點遠。最過分的是，他後來才知道，原來從旺角東站走到麥花臣球場附近的黑布街，比起從旺角站直接走過來更省時，而且更少的曬到陽光。

不到一會，麥啤酒又喝掉一半。雖然酒精其實令他的嘴巴更加容易乾涸，但是至少一直滯留在身上的暑氣，都慢慢得以消解。

「所以說，」看著喝著清水、喉核上下移動的良，仁的語氣聽起來有點不耐煩。他追問，「那本筆記是什麼？」

「日記。」良把咖啡店裡的厚餐紙摺起，輕輕擦著嘴角。「優的日記。」

「那麼接著……」

「接著你就打過來了。」

良打斷了仁的話。

5

目光投向突然響起的室內電話，「叮鈴鐺啦」響著自己沒聽過的旋律。良有兩秒間遲疑，自己應不應該接電話，畢竟這是優的私隱。可是，他很快就衝到電話座前。不但是因為電話的鈴聲在細小的房間中很吵，更重要的是，良直覺這通電話可以讓他知道更多優的事。

良提起了子機，按下了通話鍵。

「喂？你終於肯接電話？你去了哪裡？打去你手機又不聽，傳短訊又無視我，現在直接關機？」

良想開口，卻一直也找不到時機插話。話筒對面的人從剛開始就一直喋喋不休地說話。男人又說：

「等下再說吧。四點鐘，咖啡廳等。」

「哪一間咖啡廳？」

良問道。

「還有哪間？黑布街Bitter Sweet，有賣酒精咖啡那一間啊。別遲到，我不想再等你。」

良也還沒有來得及問名字，耳邊剩下的就只有電話被掛斷的聲音。這是誰啊？良比起思疑那人不客氣的性格，他更想知道男人和優的關係。雖然是親生兄弟，但是他對失蹤了的弟弟，卻是一無所知。

他瞧瞧眼話機上的螢幕，手指在數字鍵上按了幾下，透過來電顯示，把剛剛那個男人的電話號碼用手機記下，然後放回母機座上。良想不到這年代還會有人使用室內電話，這下子也令他更好奇優這幾年的經歷，以及他的職業。

良的目光穿過開放式廚房，看著窗外的天色。他下意識看看他的Seiko Grand自動腕錶，短針剛好指向X字。然後，他又轉頭看向放在桌上的硬皮封面日記。

良拿起日記，鬆開帶子，坐在沙發床上開始翻頁。

1月1日

沒想到我已經寫了兩年的日記。大概是因為這幾年發生的事實在太多，才可以堅持那麼久。如果再早兩年就開始寫的話，大概三頁也捱不住。踏入新的一年，我希望試用期可以安然渡過。不過我看應該沒什麼問題。女朋友方面，我想暫時也不用太擔心。花看來很喜歡我，開始時我甚至怕她這種那麼愛熱鬧、缺乏耐性又愛玩的女孩，很快就會抵不住我的沉悶和認真而離開我（至少比起互通訊的曖昧期沉悶）。雖然當初本來就不抱有太多的期望——反正我們戀情的開端並不是這麼正式，單純只是因為是朋友的朋友連上關係，因此才會在佐敦的飛鏢酒吧碰上面，而且整場只有活躍分子吵鬧的酒局裡面，我們也沒有交談，只是偶爾的對望，很快又別過臉去。後來因為同路回家的我飲醉了，不知為什麼就籍故牽她的手，然後不知不覺就拿下把她帶回家裡的機會。

也許大家在第一次對上眼的時候已經想要對方，只是沒有特意開口承認，當作是成年人的成熟表現。但是說穿了，僅僅是怕對方做出類似拒絕的行為——大家也是怕受傷的小朋友而已。

突如其來的情愛，我本來就不怎樣看好，即使跟朋友談起來，他們的看法也是一樣，只是當成醉酒後的衝動而已。但是，那天之後，我卻三不五時和她發訊息，本來也似乎興趣缺缺的她，後來也熱絡起來。接下來就開始了三個月的戀情。

但是，為什麼我今天會特意把這些事情寫下來？

今天花看著Netflix播放的電影，無端就問起相識的經過吧。

「我們為什麼會在一起呢？」

她倒在我的懷裡，用著近乎氣音的聲量問道。我們維持了這個姿勢差不多一個小時，《盜夢空間》也剛好演到老婆跳樓的那一段。不，應該不是剛好，肯定是她看到這一段，來了感覺，就問起我來。

我於是把剛剛的話就出來。當然，「不看好這段戀情」類似的話，我當然不會毫無常識的說出來。

「我不是這個意思。」

聽到我的回答，她不滿意地搖搖頭。頭髮在我的居家服上發出微弱的摩擦聲。

「我是指，為什麼『我們』會在一起？」

她把重點放在「我們」兩個字上面。

有一剎那以為，她開始想提分手的事。

但是，從她輕輕撫摸著我大腿的手，還有我瞄到她半瞇的睡眼下、隱約露出自然微笑的側臉，她大概不是這樣的意思。她並不是一個那麼擅長隱藏表情的女孩，這一點讓不喜歡在上班時間以外猜測別人心思的我，更容易和她相處。這也是我喜歡她的地方。

當時的我也想到這一點。因此我說，我們不用在對方面前刻意隱藏自己，大概這也是我和她可以在一起的最大原因。

她不置可否，只是發出「嗯」的鼻音，然後道繼續看迪卡比奧和哥頓李維輪廓甚深的俊臉。今天是新年，我們卻一整天也沒有出門口，只是和花待在家中。不喜歡人多的我和花提出留在家中的建議的時候，她似乎也沒什麼不情願。

不過只是「似乎」。她很少對我的要求露出明顯的反對，也不會把不喜愛的事情放在心裡面。聽起來像是很矛盾，不過用一個字來形容，就是「順從」了吧。我也沒有想過從酒吧認識的女性，可以用順從來形容，但是花確實是這樣的女孩。

我並不討厭這樣的女友，不過就是因為這樣的緣故，我有時候卻不能夠理解她的想法。在她順從的外表底下，似乎缺少了某種決定性的事情。例如我搞不清她今天是想陪我留在家中的決定，是因為「她想留在家中」，抑或是因為我要求所以「她想留在家中」。

在這個時候，我認為她「不擅長隱藏表情」的判斷也漸漸不成立起來了。明明就不喜歡把工作模式放在生活上，但是我卻開始對花的一切行為和表情進行判別和懷疑。

我決定不再想下去，徒然只是讓我們的關係產生裂痕。但是，我還是把這個想法寫下來。當作是今年開端的一個詰問，或者也可以為我和她之間的關係作一個見證吧。究竟這個想法，單純只是自尋煩惱，還是這段關係終結的癥結？

又說不定，這一年也理不出什麼答案來。

1月3日

中午去了中環碼頭裡頭的一家不太起眼的小店，點了招牌漢堡和手工啤酒。雖然店真的很小，價錢卻不比外面便宜，而且座位也只是碼頭提供的骯髒白色塑膠椅桌；但是即叫即製的漢堡肉、在煎爐上烘熱而且空氣感滿滿的麵包、新鮮炸出來的薯條（我不肯定薯條是老闆自己親手切出來的抑或是外面買的，但是真的比外面的來得好），卻又是物超所值。我和花也感到相當意外。雖然把店找出來的人是她。她也說這裡釀製的手工啤酒很不錯，還想逼不喝啤酒的我怎樣也要嘗一口。她也說店長很帥氣很年輕，結果我足足十分鐘沒有和她對說話，引得她一直哄著我。我當然沒生氣了，只是想看她向我撒嬌道歉的模樣，而且我也覺得那個店長頗有型。不，只是「頗」有型，我又不是同性戀。

之後亂逛了一會，恰巧又在我上班附近經過。雖然我在她面前指出了公司的位置，不過我也說不想碰見其他同事。

「今天可是公眾假期，怎會碰到同事啊？」她笑著反問。

「但是我就是不想碰到。」我也笑著回道。

「這樣說來，我也沒有怎樣聽過你上班的事情。你只是說過自己在律師樓上班。你不是律師嗎？」

「不是律師，是師爺。」

「哎啊，還以為你是有錢的律師，虧我還經常討好你，真是白忙一趟呢。」

「令你誤會那真的抱歉喔，那麼我先走。」

「說笑而已，別走那麼遠。」

我們就這樣玩鬧著，過了一個下午。我刻意不去想是不是因為我的職業，才讓我可以那麼順利的認識到她。不過無論怎樣，我就是不想在她面前提起上班的事。

我並不是在工作上遇到什麼不順利的事情，相反，我覺得我的工作只會愈來愈順利。

我們坐著渡輪過海，在廟街吃了一頓不錯的尼泊爾菜，在不遠處的甜點店要了乾冰雪糕布丁，然後又被我拉去大學時期整天跑的Ned Kelly，聽了一節的現場爵士樂表演。和我第一次來一樣，也是同樣的班底，演出著差不多的樂曲。當然一節完結之後就被喊著悶的花拉出來。然後我們回了家，做了今年第三次的愛，然後看著她沉沉睡去的臉龐，寫著這篇日記。昨天的苦惱早就拋諸腦後。

或者繁忙的工作，會讓我忘掉這些多餘的質疑。一切的想法也只是源於對自己的沒自信。

1月24日

三個月的試用期終於安然度過。今天跟公司簽了新的合約，加了5%的工資。

說實話並不是很多，但是也算是新的開始。

師爺的工作比起想像中多，尤其經常要代替律師到法庭拿票。東奔西跑的同時，也要花時間替律師處理文件。初來的時候也不習慣，但是幸好因為律師樓知道自己是新手，對自己相當包容，至少現在已經上手了，也不再怎樣麻煩到其他律師，就是有點忙。花也開始抱怨，為什麼那麼遲才回覆訊息。

2月3日

Long vs. Cheing 的訴訟終於都完了，雖然勝算本來就很大，畢竟只是普通的傷人案，不過知道勝訴的那一刻，還是很開心。說句公道話，真正上場打贏官司的不是我，但是預備文件、出入拘留所的人也是我，也算是有資格高興。

最近我和花也很少談天，應該說連做愛也少了。不是不想幹，只是一貼到床上就瞓了。我太忙了，放假的時候也只是想一個人靜靜而已。有時候，花上來的時候，會不經意的掃掃我的胯下，咬咬我的手臂或者肩膀。但是，我總是沒法好好的回應她，只是和她接吻就當成事了。

我並不是刻意要敷衍花，也知道要一個女性這麼主動是一種罪過，但是我腦袋實在轉不來。多等三個月吧，希望申請到年假的時候，就請她去最喜歡的日本或者德國，好好補償給她。

3月24日

又跟花吵架。

我並不想兩人的關係變成這樣，只是我真的沒時間理會她。我知道她是一個怕寂寞的女生，我一直也把她愛撒嬌的性格當成是一種情趣。

但是，我卻沒有想過在這種應該全力奮鬥的時刻，成為了生活上最大的阻礙。有幾次，我在她的挑逗下，完全沒任何反應，我也開始困擾起來了。

究竟是我生理問題，抑或對她提不起興趣？

大抵是後者吧，因為我還有恆常的自慰習慣。

不，我並不是不愛她。真的。只是現在的我，想跟她保持一點距離而已。

3月29日

原來是刺激。我和花之間所缺失的事情，是刺激。

這是我意外發現的。在我下班之後，花往常等待著我，但是比起平時，她的聲調明顯冷淡起來。

雖然下班之後腦袋轉不過來，但是我還是確信是因為這幾個月的冷淡而生著悶氣。

大部分時間，她都故意背著我，即使喚著她的名字，又或者牽起她的手，花的反應像是把我這個人當成不存在一樣。

身為男朋友，我理所當然而哄回她，從後擁上去。即使我很疲累，明天還要上早班，不過那天的心情還不錯，而且我很清楚演變成現在的局面，我也要負上很大的責任。

「幹嘛？不開心？」

我半開玩笑地，手一下子拍在她的屁股上。整天的勞累壓著腦子，精神有點恍惚的我，一時間控制不著力度，撞在手上的反作用力，還有響徹在屋內的聲音，著實嚇了我一跳。但是全部也比不上花的尖叫，更讓我心腔裡內為之一顫。

「痛啊！」

她轉過身來，苦皺著臉，回頭狠盯著我。

正常而言，我應該急忙帶著可目視的誠懇向她道歉，柔聲拉住她的手，還有輕摸著她的痛處。不過在這一刻，我卻無法行動。她帶著嬌喘和訝異的叫哭、短促而充滿實感，她那張我幾乎不可能看到的苦臉上、確切地需要呵護的疼痛，讓我突然清醒過來，然後思考又倏地變得模糊。前額和腹部閃過一陣難以名狀的電流，但是又同時讓身體各處冒起感受不到外在真實的麻木，腳底和兩頰的麻痺，熟悉得令人吃驚，海馬體透過視膜，顯現一個畫面，是某次錯誤下載的一部動畫裡，一個擺動著的女生裸著上身輕輕叫嚷，那時我還不知道什麼是性愛，只是知道是某種被人發現就不得了的東西。當我奪回意識之後，我勃起了。就像第一次和女生牽手一樣、又或者字典上的簡約的裸體，強烈而又尷尬，即使我已經和花玉帛相見，連對方的敏感位置也一清二楚。

「喂呀，你倒是說話吧……」

她微嗔的語氣，去到後來漸漸變得不肯定。她應該是察覺到我不尋常的轉變，我也知道自己正不自覺的盯著她的臉，而且，她小巧的巴掌臉不知為什麼逐漸在眼前變大，後來我才明白，自己已經走近她的臉前，正抱著她的臉吻下去。

她發出不情願的「哼哼」叫，我順著她的頭頂，滑到馬尾上，然後手指橡皮圈退去，繼續落到及肩的黑髮上，接著緩緩掃往卡到胸罩帶的背部，最後又到達剛剛才拍打過的屁股。赤紅般的熱度，我不確定那純粹是她興奮的體溫，抑或是剛剛擊打過後的生理熱。我再一次使力打下去。這次的力度，可是比剛剛更狠，更有著惡作劇般的刻意。她在我的嘴巴前，發出更痛苦的叫嚷。

她猛然的推開我。

「優。」

她喚著我的名字，眉頭皺得比剛剛更深，我知道她開始有點不高興，她對於我用力拍打她後臀這件事相當不願意，然後，這麼強烈露骨的情緒，讓我更高興。我撲上去，她輕呼一聲，隨著我的重量倒在沙發床上。她還沒有來得及推開我，我已經把嘴巴放在她的耳後，輕咬著耳窩，舔吃著她的耳環和耳珠。另一隻手則在頸項和胸前漫遊著。我知道這一刻的她不會抗拒，因為耳後的小黑痣附近，還有耳骨，也是她的敏感帶。她的哼聲變得柔和而不抗拒，這個時候，落到腰肢的左手，一把掐到她肚皮上的脂肪。

我從她身上的抖動得知她的不滿，她大概也察覺到我的異常，於是發出抗議。「來吧，快叫。」我命令道，在她的耳邊吹著風，同時也用力咬著她的耳朵。她開始尖叫起來，然後又怕是被鄰居聽到般，壓成嚶嚶的低嚷。我把手扣著她的兩腕，然後舉起，貼在牆上，嘴巴已經把陣地轉移到她的頸部，像尼古拉斯伯爵一樣，張口噬咬。「別，會留下印、有人會看到。」她像狗娘般低鳴，反而成為了信號一樣，我在頸上不同的位置大咬，留下牙印。剛開始時她還會哇哇大叫，到後來就只有促音。我注視著她的臉，花咬著唇，兩頰滑著淚。她瞇著的眼睛裡面，除了困惑，還有夾雜著更難解讀的意味。我傷害了她。我和她對望之後，得出了這樣的結論。

強烈的罪疚感從胸中擴散，然後我的眼圈有點好，抓緊她手腕的左手，指頭慢慢想鬆開。

「抱歉。」

我發出氣音，只能透過唇語把意思傳給花。

「抱歉。」

但是，只有這次機會。求求妳，只是今次……

我的身體，從沒試過火燙到這個地步，也沒有試這麼想將一個人完全佔據，在她身上留下沒法磨滅的痛苦，只有這樣，才能夠確實證明我在她身上有過聯繫，讓我們真正的感受彼此。在這一刻，我覺得以前愛的方式，也只是形式而已，只是模仿著色情電影和朋友傳言。而這一刻，花和我，也是用著最真誠確切的方式互動著。她的痛是真實的，我的狂熱——對於想讓她從痛覺和不快中得到快樂的奉獻——也是真實的。

我強行拉扯著她的內褲。我可以不這樣做，但是我沒有停止這樣做。她放棄了叫嚷，但是腿不斷的抗拒。我用大腿壓著她的大腿，右手伸往長印花T恤內一探。

你這個小賤貨——

我咧起嘴巴，完全禁不住笑意，牙也不顧儀態表露出來，但是我沒有想要將他們收起來。搞不好我從一開始已經處於大笑的狀態。我的西裝褲子只是褪到小腿邊，下身已經隨著右手的位置用力的一挺。我聽見她受傷的小狗般的尖叫，從緊咬的唇中洩出。我從當中聽到痛苦，還有歡愉？我不肯定。不，她應該有，我感受到不斷圍推著自己下體的燙濡。

之後我幾近是失去意識的行動。像是永動機一樣，只是一味前行，彷彿是永遠不會終止的物理作業。同時間，我清晰知道那不會是什麼科學性的產物——只有是身而為生物，才能夠從當中獲得非常性的靈欲體驗。不過，我還有拍打著花的記憶。她已經不再叫嚷，只是雙目緊閉，間中從鼻裡哼出呼救。

取得意識的時候，我已經不再動了。我感覺自己的身體內外也是乾冷的。我抬眼望向，被我伏在身上的花，眼睛沒閉上，只是盯著天花板。

我一剎那間，以為她已經死掉。我摸著她的臉，她抖縮了一下，卻沒有退開。「抱歉……」我又再一次道歉，「我……妳是不是很痛？嗯？」她的臉很冷，臉頰的彈性也像是錯覺一樣消失了。她的眼睛骨碌一下望過來。

「是、是不是痛啊？」

我覺得自己做了無法挽回的事，包括剛剛的明知故問。我等待著她的喝罵，還有毆打。但是她統統也沒有做。只是點頭。

「對不起……真的、我也不知道為什麼會這樣……我、我以前也沒有試過……」我的嘴巴像是短路一樣，不斷重複著道歉和辯護。

「你是不是覺得很舒服？做這種事。」

她突然打斷了我。

我發現自己正在流淚。

「……嗯。」

我想否認。我對她的身體留下創傷，這是無可置疑的，但是，我卻不折不扣地，為著這種事而蒸發了理性。在的最愛的女人面前，我不可能說謊。而在我下筆的這一刻，我也慶幸自己當時沒否認——如果並不是為了舒服才去做這種事，那不是表示單純的只是想傷害她嗎？

「那就好了。」

她的聲音裡面，感受不到一絲的力氣，但是彷佛她說的確是實話。在日出之前，我不斷的擁吻著她，撫摸著她。

那時的我完全睡不著。除了因為事件嚴重到我無法陷入睡眠之外，還有，我對花所做的一切，不得不說，給了我奇怪的力量。

嘿，我把這件事寫下來，其實是為了讓自己記著不可以因為一時的快感而傷害花。但是，我竟然連細節也寫得鉅細無遺，簡直就像是在回味一樣。

我真的是一個沒用的男人。

4月15日

昨天是滿月，而我就像人狼一樣，我又不受控制地，虐打了花。

我不是想要找藉口，但是這次是由花挑逗在先。我已經刻意避開和她的身體接觸，她和往常一樣，假裝上次的事情沒發生過一樣，也繼續互有默契，不再提起那次的傷害。但是，偶爾她的出現，總是對我的那個難以啟齒的本能，造成衝擊。例如上星期提過她因為打破玻璃杯的驚呼，就是一個例子。雖然我很快從電流般的快感醒來，大概只是一秒。但是醒來的原因，並不是意識到這快感的不正常，而是得知那個只是非關痛覺的驚嚇反應，才立馬收斂。

為了解脫這一種的變態心理，我連色情電影也開始不看，雖然是一個很困難的決定。然而我也察覺到沒這種必要，因為一般的影像挑逗，已經沒法再挑起我身為男人的原欲。花是例外，因為只要一看到她，那張苦皺著的臉蛋、不情願的叫嚷、被打在嫩肉上的回音、還有她露骨的痛苦。統統喚起了一直處於軟化狀態的性器。我為此感到無盡羞恥，但同時間，我也沒辦法制止自己不想這件事，於是只好一直強制禁欲，連碰也不敢碰她，生怕再一次把她傷害。

但是昨天，我又再一次敗給內心的野獸。她的手爬上來，在我的乳前徘徊。嘴巴也跟往常一樣，輕輕的親上來，然後伸出舌頭。

一瞬間我錯覺以為，她是想再試一次被暴力壓制的快感。但是理性的我感覺到並不是這樣，她只是單純的求愛。應該說，她想用正常的方式，希望確認那天的事，只是意外。

她想用合理預期的性愛，想把所有的反常，撥回正軌。

就像用舌頭碰著蛀牙一樣。

但是太遲了。當我意識到她的動機的時候，她再一次被我催毀了。強行被按著的手腳，被迫發出的悲鳴，被打得通紅的肚子、胸脯、大腿。這是我再一次看到的慘況，然後，我又流著同樣的淚。

過程我已經不想再寫出來，因為根本算不上是懲罰，毋寧說更像是獎賞，讓我有機會回憶那天心中夾雜心疼的美好，在寫作的途中不斷勃起。單是這樣想我已經相當痛苦——難道我只有傷害別人，才可以讓自身的肉體獲得解脫？

我不想再傷害花。那是我唯一可以愛的人啊。

4月23日

就像是彈弓一樣，愈是抑壓，反彈力就愈大。我決定和花開誠佈公，不再隱藏自己近乎病態的性癖。其實也沒怎樣需要多解釋，怎樣說她也用自己的身體來感受那種可怕的扭曲。

「不如我們先分開吧。」

先提出先開的人是我。我想到的方法，就只有找出癥結，然後採取治療。讓我產生衝動的原點，是從花身上。所以如果和花拉遠距離，別說能不能夠治好，至少可以讓花不再受傷害。

「嗯。」

花不置可否。但是我知道，被我虐待之後仍然沒有堅拒和我會面的花，是因為愛依靠人的她心底還是不願意離開我，那怕只是暫時分開。她也很清楚我的獸性，並不是刻意為之。

「等我情況好一點，我們再見面吧。」

我深深吐了口氣。她的表情還有舉止，也讓我愈來愈不捨得她。我又多補一句：

「我不想再看到妳哭。」

我是真心認為。結果，花又再嚶嚶嗡嗡的哭了起來。我差點衝上去抱著她，摟她的肩，在她的耳邊輕喃。但是，我很怕會觸發到自己的性欲，於是就忍下來，只是遞出一張紙巾。

「你聽到我哭，你不會興奮吧？」

花吸吸鼻子，看著我。我呆了一會，忍不住就笑起來。「別說這種笑話吧，拜託。」我知道只是笑話，但是嘴巴兩旁，還有胸口，也傳來憐愛般的劇痛。明明我愛著她，卻只能夠有傷害她的衝動？

在這一刻，我更加確定自己是愛花的。

4月29日

即使知道是癮，可卻還是無法根治。性虐短片已經無法滿足自己。我要聽到女性真正的哭叫，誰也可以。不知什麼時候，我的手已經拿著電話，差點去按花的號碼。

我覺得自己無藥可救，我竟然想半夜叫自己女朋友來給自己虐待。本身對女友抱持這種衝動已經是相當人渣。

但是，我已經按捺不住。我不斷毆打著沙發床，上面的凹陷，布料發出的啞聲，無機物的質感，除了讓我可以發洩體力之外，根本上毫無壓止欲望的功用。

我有想過去召妓。但是，這種方式治標不治本，而且一不小心毆打妓女，這可是刑事罪行，不單要坐牢，連辛苦考回來的師爺資格也要被取消。

我不想把自己的前途被這麼多餘的欲望催毀。

但是我知道那種欲望，不發洩是不行的。畢竟我也是成年男性，這種多餘的精力無處釋放，恐怕會演變成另一種更可怕的方式，傷害別人。

我不確定那種方式是什麼，但是確實不是很好的預感。

5月13日

汶離開之後，她的體溫依然，留在我的沙發床上。

我今天是第二次和汶見面。她真人和相片有點不同。當然了，這是交友網站的常識，我不可能苛求什麼。

玩交友網站的頭半個月，基本上毫無成果。基本上，只要看到一個女性主動找你、「我是做市場推銷」或者「加微信談天」之類作為開場白，又或者像弱智一樣熱情的自我介紹，基本上可以剔除在考慮之外。而且，只有一本正經又幽默地寫自我介紹的男生，才可以吸引到更多的女生，因為比你健碩比你帥的男人比比皆是，然而看起來認真的男生卻幾乎一個也沒有。各種必須知道的潛規則，我可是花了一個多星期才充分了解和摸清。虧我還一邊硬著一邊興致勃勃的傳短訊，繞了遠路，著實浪費了很多時間。

但是，也不是一無所獲。怎樣也好，在律師樓的工作讓我的經歷和見識增識不少，因此存下來的相片和平常的交談接物，還有特意設計的開場白也讓我更容易接觸到更多的女性。證明是我一開始隱藏身分和工作的時候，能夠談上兩天的人是零。汶也是少有可以談到會面的女生。

開始時和汶的交談並不是更順利。雖然成功拿到電話號碼，但是大都像是覆卷式般的一問一答。最多也只是把場地從交友程式轉到一般的通訊程式而已。她剛開始談到用交友程式的原因，單純只是「無聊」。這種一聽就知道是藉口的潛台詞，就是「不想把真正的自己說給你知道的必要」，或者再簡單一點說，「關你屁事」。

但是和女人打開話匣子，只有從她的興趣入手或者用神秘感對你產生好奇兩途而已，這個也是為什麼她會想在云云近百個追求者中選擇和你談天的原因。我把同事在群組分享的美食圖片給她看，假稱自己正在日本旅行，同時嘗試問她有什麼推介。我會選擇從食物入手，單純是因為我從她的自拍看到她穿和服的模樣，還有豐滿的身材。如果再找另外的話題的話也不是不行，不過似乎已經沒這個需要。我們從香港的葡萄牙餐廳（很諷刺地，這個真的不得不感謝花，要不是我也不知道香港哪裡有好吃的馬介休球）談到怎樣弄藍色的長島冰茶、從哥基犬談到大家也討厭香煙、從Burno Marz談到《戀夏500日》。汶總算肯說自己因為和男友分手所以才會玩程式解悶，於是我也訛稱自己分了手。汶問了原因。我也不打算隱私——因為大家的性生活不合，我比較喜歡硬來。

其實送出去的那一刻我立馬後悔。我想到汶分手的原因，說不定和花一樣的處境，而且我們談了不到三天。但是她卻說出了出乎意料的話——因為男朋友對她太溫柔，或者應該說正常。當然後面的結論，是我和她幾次交往之後才得出的。

於是我們就約了出來，去了灣仔一間德國菜餐廳會面。她跟相片有點不同，眼睛小了一點，但是也比一般人大；鼻子也因為被貼圖蓋著而不知道大小，但是其實並不難；相片雖然下了像包書膠一樣的美顏濾鏡，看不清皮膚狀況是怎樣，蓋了一層薄粉，還是比想像中光滑。總括而言至少還能夠認出來。

最令人訝異的莫過於她的身形，本以為喜歡美食的汶會是肥腫難分，但是她卻能夠用適中來形容，應該豐腴的地方也令人滿意（至少我跟她也對此沒什麼意見）。她甚至因為被吃驚的我打量而顯得有點害羞。後來她提到和男友分手之後，因為有一段時間失去了胃口，就瘦了下來。

這樣一來，我可能是在最好的時間遇上了她。不管是她的身型，抑或是我所面對的那種不可對人言的狀態。

或者因為在訊息提到很多敏感的話題，見面之前已經有了心理準備，至少我拉她去喝酒她也沒有拒絕，而且也喝了很多。

我把半醉的汶帶了回家，然後也不多敘述，因為並不是很好的經驗。因為第一次的時候，我並沒有對她施暴。虐打第一次見面的女人是不可能的，畢竟搞不好會被她提告。可是這裡也證明了我是一個爛到透頂的人渣——也就是說我的所謂獸性，其實是可以用理性控制，也就是換句話說，因為花不會反抗，我才可以把她虐待得那麼爽快。

但是最刺激到我腦內的理性開關，是完事之後她那個忍著失望強裝舒服的表情，呼一口氣的表情雖然一閃而過，還是被我捕捉到。

你想怎樣？

我的語氣一下子變得冰冷無比，這是我所不能夠控制。當我回過神來的時候，手已經在她的頸上微微掐緊。我知道去到這裡已經過了一段時間，但是不知道發生了什麼事，她用著略帶驚慌的神情盯著我，臉上留了一個顯眼的紅印，大抵是我打下去的。僵著的臉，身體卻一直抖顫著。我分不出是因為按捺不住的性欲和征服欲而興奮不已，抑或是怕放過她之後會被警察帶走、人生將會毀於一旦的恐懼；也可能是因為知道這個危險性，才會讓我欲罷不能。我只記得我用比剛剛更冷峻的語氣說道——

別命令我。

這句應該是回應著汶的說話，不過並不重要。那句話就像是信號一樣，恐懼和渴望像潮浪一樣，在她的臉上湧現，她的身體不斷的動著，被我用力跪壓著的肚子，小腿感受到潮濕感，量很多，不知道是尿液抑或是分泌物。我沒興趣知道，我只是不想她逃掉，連這個想法也不配擁有。

她只是配合我思想的工具，連思路也要好好完全一致。我一想到這裡，不知為何就怒起來，一咬牙，左手勒著咽喉，空出來的另一隻手剛插在她試圖夾緊的大腿內側，用力掐著豐腴的肉。黏滑感從虎口位流過。她叫痛，然後我失去常性。

她倒在我的身上，手隨意放置在沙發上，這個是我回復正常後第一件事。她輕咬著我耳朵的嘴巴吐著令人厭煩的暖和氣息，我想推開，但是想到遊戲已經結束了，於是溫柔的掐了她一下屁股。她輕笑了一下。

大致恢復了體力之後，她說要走了，於是站起來穿起在地上亂放的衣服。微弱的光，讓我勉強看到她的身上有著各種紅印和瘀痕。我分不清哪一個是我剛剛留下的，這時的我痛恨著自己——為什麼當時的我不仔細的察看她身上有沒有瘀傷，那麼我就可以用留下更大的傷痕把它蓋著。

那麼一來，這個身體才算是屬於我的。一想到可以用這樣有趣味的方式去佔有站在眼前的女性的身體，剛剛才要躺下休息的性器又硬起來了。經過了那麼激烈糾纏的我，竟然一剎那間覺得羞恥起來，用手把舉起來的旗子蓋下來。不巧這個動作，卻又讓剛好轉身的汶收在眼內。換好了衣服的她露出調皮的微笑，強行把我被子拉開，第一次把性器放在溫濡的嘴裡，用舌頭把殘留在上的不潔似浪波一樣卷走。正常的性愛。沒想到從她的口中唾棄，又重新拾回口裡。

完事之後，小心翼翼的用紙巾抹淨嘴巴和性器，沒用水洗淨手和嘴巴，就轉身要走了。這下，她就真正的想跟我告別了。

但是我知道，我們還會見面。

她的眼睛這樣跟我講。

6月1日

我們第三次見面之前，約定不會打臉，而其他地方則可以任意使用。使用，簡直就好像是物件一樣，她似乎也相當喜歡這個詞語。經過兩個星期的來往，汶的身體像是我渴求的預想一樣，在她身上留下了各式各樣的傷痕，至少可以確保前人留下的瘀腫，已經被消滅掉。

滿足了征服感的我，又開始不滿起來了。她的身體留下了太多的瘀傷，讓身體看起一點也不漂亮，我這樣向她表達這個體法，她卻以為那是一種挑起性欲的辱罵。這一點也讓我進一步覺得她的腦子在某程度上已經是壞掉了。不管是身體抑或是精神上。但也是因為這樣，因此即使把她盡情破壞也是沒關係——有了這個結論的我，雖然矛盾，內心卻是痛快不已。

她即使和我外出的時候表現得很正常，甚至可以說是相當少女，但是她壞掉的事還是沒法隱藏。我有和她討論到花的事。我說到她被我強暴的時候，身體的反應相當大。

——濕透不代表想和你做。

她說了令我這個男性相當衝擊的事實，一本認真。我認定那是作為還沒被損害的正常女性一部分的意見。

——那只是生理反應而已。我是女人所以最清楚，我對著不太喜歡的男人，被進入不喜歡的體位，一樣也會濕。你知道怎樣才代表那個女人想被人侵佔？

她反問我。我腦中冒起了很多的想法，幾乎要衝口而出，但是最後卻一句話也吐不出來。我不敢以了解女性的姿態和身份給出任何的意見，畢竟我連花現在在想什麼也不清楚。而且我很清楚在這個女人之前，不管是怎樣的答案，肯定是不可能滿足她。

——就是當她願意讓你殺死。

殺死。

——就像公螳螂對著母螳螂一樣。那是非關愛恨。單純是性、佔有還有獸欲。放下了自我、超我，放下了意識和思考，只是想被一個人完全掌控一切，肉體、想法、以及生命。

這女人，究竟在說什麼？

她的腦子，果然抽麻害壞了。當然，搞不好只是進入了賢者模式的我，被理性充斥後才會有的錯覺；又或許是她完事後親自磨碎倒在煙紙上再捲給我那條天然有機植物（她自然地吐舌舔濕煙紙邊緣的時刻，卻又讓我記憶猶新），跟那首她用手機播著Greg Gonzalez的《Apocalypse》一起搭上混在封閉的房間裡，順著喉管和鼻烟在無盡的咳嗽間滲到腦髓。我失去了基本的思考能力。我連自己的姓名跟她為什麼會跟我在同一個房間這種簡單不過的鳥事也要變成正午的煙霞一樣空白，不得不從前意識中努力召回才摸出了一些概念。

我也不能夠確定自己是不是和她一樣，也是想把她完全破壞掉、甚至殺掉。但是多想一層，我應該不會殺掉她，因為如果這樣做的話，我就失去了培養已久、在性愛上極其配合的女人。

妳想不想讓我殺掉？

姑且就先這樣問。我隨口接著話題說下去，結果她一臉認真的注視著我。在她靜默的那一段時間，我心中閃過一陣顫慄。那並不是興奮，而是單純的恐懼。我似乎搭上了一個不得了的對象。就在這個時候，她開口了。

——你還不夠資格。

說完之後，她露出我從在她的臉上沒見過，非常可愛的笑容。可愛得我沒法用力刮她的臉。這和約定沒關係，僅僅是被她的那種可怕的純粹壓得無法動彈，連眉頭也沒法皺起來，即使我被她的話惹得胸口和腦袋一陣引起烈痛的憤怨。最後才好用力掐一下她剛剛才被我拍得通紅的胸脯。

這種變態的關係，可能還要持續一段時間。還要什麼時候才可以治好這種被不堪的欲望？這一刻，我突然想把自己和汶的事統統告於給花知道了。連在這張沙發床上發生的事情，也一一道來。

殘酷的笑意，我的牙齒咬得前所未有那麼用力。

6月6日

我和花來了場久違的約會。提出見面的人是我，我說想見她一下，順道為她去歐洲旅行之前的歡送會。結果她沒多想就答應了。或者她也很想在離開香港之前，和我見一下面。

不知道是不是太久沒見面，花看起來比起以前更可愛。她把頭髮剪成及肩的長度，染成了黑色。沒有扎起馬尾的感覺很新鮮，有種和別的女生拍拖的感覺。

我和她去了星街附近逛了一會，看了完全買不起的昂貴裝飾和文具。花很喜歡這類的玩意，她說買不起的東西才有欣賞的價值。

當然，她也興致勃勃的安排了餐廳。我們去了一間專賣漢堡的美式餐廳，點了一份花生醬牛肉漢堡，這是花極力推薦，雖然我有點抗拒就是。不過很快，我就愛上了這個配搭，沒想到花生醬和煙燻肉會是那麼合襯，就像牛歡喜和咸酸菜一樣。有些東西還是不試一下，也不會知道是那麼合心意。

在走之前，我很想把她叫著，請她上來我的家坐。約會之前已經自慰了，在約會的時候也沒有想將她佔有，甚至毀壞的衝動，於是覺得自己話不定已經康復。但是我轉念一想，畢竟是在外面所以才會收斂，搞不好把她帶回自家的時候，一直強壓的獸性就一次爆發出來。不過最大的原因，還是怕她在沙發床上嗅出汶的味道。

或者我應該和汶斷絕來往，才是解決這個問題的最好方法。送走了花之後五分鐘，我下定決心，打開通訊錄，把汶的電話還有訊息完全刪掉。

在這一刻，我覺得自己漸漸變得正常了。

我要做汶一輩子的男人。

6月20日

昨晚，我不小心殺了汶。

6

像是看到瀕臨絕種生物一樣，一輛綠色的計程車，迅速吸引了良的注意力。比起在旺角看到這種計程車，他更驚訝於計程車司機竟然會大發慈悲，願意載客人到九龍這邊來。他的眼睛像被磁石吸著一樣，緊緊追隨著計程車的車尾燈，直到在路口的轉角位消失，離開黑布街為止。這時，身後傳來門鈴的叮噹響。他轉過頭來，看到仁一邊推開門，一邊低頭處理錢包。

良在仁抬起頭的瞬間，向他點頭示意。

「勞你請客，不好意思。」

良向他道謝。仁只是微笑聳聳肩。「沒什麼。反正可以報銷的。」他的臉色相當從容，並不像是客套話。「而且，還要麻煩你把他找出來，我不好意思才對。」

不知道從什麼時候，他已經走到店前路口的橙色垃圾桶旁，嘴上已經多了一支咖啡色的小雪茄煙，他把手中的小鐵盒遞過來。

良看了看煙盒，政府的警告標語雖然佔了大半，還是可以從左上角看到《Panter》的字樣。

「不，謝謝。」

他擺擺手。

「怕抽不慣。」

接著良從褲袋抽出一包黑曼，走近垃圾桶。他突然想到，要是優的話，究竟他會不會接過那盒煙？

兩人各自點了煙。良看著遙遠路口的安全島、來回穿梭的雙層巴士，還有被港鐵公司用帶刺的鐵柵圍著、長著灌木和爛植被的墨綠小斜坡。

「怎樣說我也是他哥，那是應該的。」

良吐了口煙，想延續剛剛的話題。不過，仁並不打算接話。於是兩人一段時間也不交談。仁抽的煙味道很濃，讓良幾乎嘗不出曼寶路的煙味。

「如果我找到他，我馬上告訴你。」

最先打破沉默的人，還是良。過了沒多久，他還是沒有聽到仁的答話，於是忍不住轉過頭來，他發現仁正一直注視著自己。

「還有事嗎？」

良打斷了仁的思考，他彷彿如夢初醒般，點了點頭。

「啊、沒。只是你跟優真的……」

「很像，對吧？」

他聽過這種話很多篇了。即使在咖啡店裡面，他早就聽了仁提了好幾次。

「嗯。」

仁別過臉去，大概他也覺得自己一直這樣說不太有禮貌，甚至他可能已經意識到，自己這種話，已經讓良和優覺得相當煩悶。

「我剛才還以為你是優在假扮，你知道……」

「嗯，我明白了。」

良舉起手掌示意，硬生生打斷了仁的辯解。仁點點頭，又再次別過臉去。「哎。」良抬起下巴示意，仁轉過頭來，「你剛剛說的話……」良想說下去，結果仁搶先接下去：

「千萬不要跟他講。對嗎？」

良點點頭，繼續抽了口煙。這時候，又別開臉去的仁，像是自言自語一樣，說了句話。雖然他的聲音很小，卻還是傳到良的耳邊。

「……如果還可以看到他的話。」

良眉頭微微皺了一下，一臉孤疑的看向吐出濃煙的仁。

7

甫打開木門，就看到一個女人露出警戒的表情，注視著在門前杜立著的良。

她站在沙發床旁邊，良看到床上留下了一個凹痕，她剛剛應該還坐在上面，聽到良開鎖的聲音，就立刻爬了起來。

是不是應該要說些什麼？

良發現那女人的表情相當複雜，眼神流露著像是在陌生地方見到熟人的安心感、同時又帶著某種警戒的疑惑；她嘴角稍稍抬起，看出是有著些許的高興，同時緊繃的兩頰又隱約透露著不滿。唇形漂亮的嘴微張，欲言又止又不知道從哪裡說起才好，於是顯出一副不知所措的樣子。

「花？」

首先要讓她安心下來。

良於是提起眼前女人的名字。雖然優的日記並沒有仔細描述過花的五官特徵，但是能夠拿到優住家匙鑰的人，還會對和優樣貌這麼相似的男人流露著這麼一言難盡的表情，她大概只會是花。那麼當然，如果優有其他女朋友的話就另作別論。不過當良呼喚她的名字的時候，女人的身體抖動了一下，大概是沒猜錯了。

心臟硬生生缺了一角的失落，忽爾漫在良的胸中。花的眼睛，那個只屬於優的那一抹淚光——

「優……」

她發出就要哭出來的嬌柔聲線，喚著良弟弟的名字。花親暱的抬眼看著他，慢慢走到良面前。

「等等，妳先聽我說……」

「你去了哪裡？」

花完全沒有聽到良的話，自顧自的一下子撲到良的身上，臉頰也埋在他的襯衫，雙臂緊緊圍在他背後。

良知道這個時候，最應該要做的事就是回抱她。但是，他卻猶豫了。怎樣說她也是優的女朋友，而且還是第一次見面，說什麼其實良也沒資格碰她。不過，他的感覺到胸前一小圈溫熱，良想她大概哭了，淚水滲透了薄薄的夏季襯衫，把濡濕感傳到皮膚上。他唯有把手搭起花的黑長髮上，輕輕撫掃著她的頭頂。她像是和應一樣，發出著「嗚嗚」的哽咽聲。

「白癡，那麼久才回來。」

「其實……」

「我不要聽你解釋，給我先多抱一下。」

「我不是優。」

哽咽聲頓時停下來。花慢慢抬起臉來，還沒有擦乾的眼睛仔細端詳著良的臉。良這時在想，即使他的臉再像優，我想親密如女朋友應該會認出來吧。花一邊吸了幾次鼻子，注視他的臉好一會，良雖然也和她對望，但是也漸漸開始覺得不好意思起來了。然後，他感到抵在腰間的力度慢慢退開。良看到花把臉拉緊收斂了，變得嚴肅起來。只聽見她開口：

「你覺得很好玩嗎？」

良暗暗嘆了口氣。

同樣的話，今天已經是第二次聽見了，所以他立即意味到花這樣說是什麼意思。

「不是。所以妳就先聽我……」

「我不聽我不聽我不聽，你一聲不吭、抱歉也不說一句就走了。現在回到來就在扮不認識我……」

「我是優的哥哥。」

良一下子被推開了。

「我是你老母啊！我憑什麼要相信你？」

花通紅的雙眼狠狠盯梢著良。可是，不知道是不是良因為優的日記所帶來的錯覺，花的眼裡洩露著一絲絲的怯懦，她的兇狠感覺上僅僅是刻意的逞強。打量著他全身的花，突然一瞬間閉上了嘴。她的目光停留在良摺起了衣袖而裸露出來的前半臂。良索性把手臂舉起攤開，遞到她的面前。

「怎樣會……那個紋身……」

她撫摸著良的手臂肌肉上賁起的靜脈血管。前臂的皮膚雖然有曬黑的跡象，卻是乾淨無比，別說紋身，連一顆墨痣也沒有。

「我沒有紋身。」良淡淡地說，他對這種解釋已經毫無意外感。「從來也沒有。我的工作不允許我這樣做。」

「你的……工作？」

「我是警察。」良回道，「順帶一提，我是優的哥哥。」良相信關於自己和優的關係，花是聽到的。不過，他還是很樂意把說話重新說一次。

「喔……對嗎？」

花唯唯諾諾的退後兩步，收回來的兩手猶豫了一會，最後決定盤在胸前。

「那麼……你知不知道、啊，謝謝。你知不知道優去了哪裡？」

接過良遞來的紙巾，臉上困惑和尷尬參半的花輕輕抹印眼角，然後再抹走稍稍別在人中上的鼻水。良刻意不去確認在襯衫上的黏液，也覺得現在並不是抹走的好時機。

「不知道。」

良爽快地搖搖頭。

「是房東找我的，他已經三個月沒有交租。」

在花眼中，即使他聲稱自己是優的親兄長，長得多麼相似，但畢竟也算是一個不速之客。他有要說明自己會站在這裡的因由和正當性。

「原來是這樣……」

「妳有他家的匙鑰，還以為妳會替他交租。」

「沒、沒有。因為我不是住在他的家裡。而且，最近我去了旅行，回來沒多久，所以……」

當然知道，提出和花分開的，優的日記上有寫。良固然不會笨到把這個想法說出來。

於是他也只是點點頭。

「我明白，所以這裡……」良環視四周，他把自己察覺到的不和諧說了出來，「妳有打掃過？」

「對，只是昨天而已。我想著回來和他……我指是來見他。但是他卻不在，家具和地板也鋪了塵，所以我就隨意整理了。」

花回來優的住家，大概是想和好了吧。但是聽到這裡，良的心臟倏然慄動。他刻意不望向靠牆的那個大衣櫃。「喔，難怪。」他走到餐桌前。拉開椅子就坐下來。「我還在奇怪為什麼三個月沒有人交租，還會這麼乾淨。」

「要麻煩你過來，真的不好意思。」花點頭致歉。大抵是看到良坐下來，於是她也重新坐在沙發床上。

「嘿，妳又沒有做錯，用不著你道歉。」良微笑，看到花的臉頰也略微放鬆了，「優有沒有提過我？」

「嗯……有時。」

「大概也是說我壞話了吧？」

「不，當然沒有。」

日記裡面完全沒有提過自己的名字。良倒是沒有什麼不高興，畢竟如果優不想自己出現在自己的人生劇本上，也是沒有抗議的理由。

「開玩笑而已，別那麼認真。」良笑著說，雖然，他很想從人家口中，知道弟弟是怎樣看待自己。「我們雖然是兄弟，交情卻不是很深，所以妳不用太在意他怎樣說。」

「他呢？有沒有在你面前提過我？」

良很想說沒有。他不喜歡說謊。無論日記裡面有沒有提及到，他也不想讓弟弟的女朋友不愉快。

「有，提過一次，他說妳很喜歡吃漢堡，還經常和妳去吃。花生醬漢堡對吧？」

花掛起禮貌性的笑容。但是至少，比起五分鐘前的氣氛和睦很多。

「剛剛真的抱歉。」

她指向良的胸前，他看看襯衫上有一個深色的小圈，是花剛剛哭訴的時候留下的。

「不緊要。」良搖搖頭，「Zara貨色，不是很貴。」他還是強忍著現在就想要抹走污跡的衝動。

花和良對望了一會，一種無法言喻的感覺透過花的眼睛流露到兩人之間的空氣中。良覺得在這時候，不說什麼不行：

「是我要向妳道歉才是，我弟弟毫無交代，什麼也沒有留下就走了。妳一定是很擔心吧？」

「沒什麼，我還可以啊。」

「那妳接下來怎樣？」良把上半身貼在椅，「等他回來？」

「嗯。」花點點頭，「也沒有辦法，沒理由不等他。」

「但是他不知道什麼時候才會回來，」良皺眉頭，不自覺地把從胸中看不見的濁氣鼻子呼出，「他之前有沒有這樣過？」

「沒有，啊，應該說，我和他認識了差不多一年，沒有見過他這樣做。」這些資訊，他當然也知道了。看來花還太清楚優的習性。良開始有點可憐花的處境。

「不緊要，妳就先再等等吧。房租那邊，我幫妳想想辦法。怎樣說也是我弟弟，沒理由要妳出錢幫他付租金。」

「謝謝你。」花再一次點頭致謝意。

「不用，算是盡了我一直以來沒有負的兄長的責任。」良也對她點點頭，「那麼，我先走了。」

「等等。」

花把打算站起來的良叫住。

「你吃了飯沒有？」

「還沒有，現在打算去。」

「不如我幫你煮。」

良沒想過花會留著他。

「怎樣好意思了？」

「沒關係，我昨天本來也買了些食材，想著煮給優。但是似乎他暫時也不回來，放在雪櫃又有一點浪費嘛。」

「那好吧，麻煩你。」

良也不好拒絕，唯有把半抬起的屁股重新放在椅上。像是在玩著郵公園的搖搖板一樣，在他坐下來之際，花也在對面站了起來。

「不用客氣，你先坐一坐。」

花第一次，在良面前真心露出歡快的微笑。良在這時明白到，為什麼優即使和花的性格不合，依然醉心於她的原因。

8

「可以了。」

花把一個木板子拿出，放在餐桌上。煎熟的肉品在木板上冒著熱氣，良看出花擺盤的心思。

「我去餐具吧。」良打算離開座位，花急忙揮動雙手：

「不用了，我自己來就可以了。」

「妳已經幫我煮了一頓飯。」

良沒有停下動作，逕自走到開放式的廚房。他今天從沒有踏足過這邊，他在上方的廚櫃裡面拿了兩人份的餐具，同時也觀察著周圍。他看到一米多左右高的雪櫃上，一張便利黏在平滑的磁石櫃面上。

——如果回來了，就用手機打給我吧。

便條沒有署名。但是良從小巧的字跡看來，猜想是花寫的。至少不會是優寫的，他記得日記上的字跡。

「謝謝。」

他回到餐桌前，把餐具放在花的右邊。花也向他道謝了。

「很豐富。」

良並不是奉承。桌面雖然只有三道分享菜式，但是看到亮眼的西餐裝盤方式，還有看起來很珍貴的材料，他知道花並沒有因為他是外人而怠慢。

「對啊。」花點點頭，完全沒有客氣否認的打算，「我想著很久沒見，所以買了很多。」

「吵架？」

「……嗯。」

花又再一次點頭，不過和剛剛比起來，幅度小了很多。

「抱歉，交淺言深。我不應該這樣問。我不知道什麼緣故，你們之間不和這件事也是從妳剛才的話猜出來。只是，我不想優沒了這麼好的女朋友。」

良口中這樣說，然而他是故意這樣問起的。不過他也不打算再在這個話題上糾纏了，「吃飯吧。」於是他刻意提高聲線，然後指向用木碗裝著的意粉，「是卡邦尼意粉？」意粉的中間放了一整塊羅勒葉作裝飾，令滿滿白色醬汁的麵品顯得一點也不單調。

「差不多吧，是艾飛杜醬（Alfredo）。」花把匙羹和叉子放右手上，巧妙地把兩者變成了手動的夾子，她純熟地操弄著夾子，伴起意粉，「一般的卡邦尼也會用到蛋黃，但是優不喜歡太重口味的醬汁，同時又不喜歡酸，所以我煮意粉也只會煮白汁，用最多的就是這走只用奶油和蒜泥焗出來的艾飛杜醬。而且上面也沒有鋪帕瑪臣芝士碎。」她把一小把意粉夾到良前方圓形的小白碟子上，「而且，那個不是意粉，是意大利幼麵（Linguine）唷。」

「哦，真是講究。」良雖然不是太明白，但是他知道花在上面花了點心思，於是他用下巴向著另一道用多士佐在底部、上面則斜斜地劃了幾條黑色醬汁裝飾的肉品，「這個是鵝肝？」

「沒錯。你吃內臟吧？」良點點頭，花於是繼續說，「是煎鵝肝配煎多士。麵包是用主菜剩下的油來煎，雖然沒有平時吃到的多士那麼脆，但是入味而且製作省時。然後上邊是用來作佐餐的黑醋醬。」

「優不是不吃酸的東西嗎？」

「對啊，所以平時會用辣根醬或者法國芥末代替，而且會放在一旁。不過我覺得不襯就是了，所以我會另外用醬汁碟盛著。」

「他真的很麻煩，很多東西也不喜歡吃。」

「你不是比我更清楚嗎？」

良和花對望了一會，然後相視而笑。良指著最後還沒介紹的主菜。「那麼，這個豬排，又有什麼特別？」墊在薯泥和從沒有見過的青皮瓜上的一塊大豬排，煎出了金黃帶黑的格子形狀。冒在表面薄薄一層的油脂，讓良覺得口腔突然變得濕潤起來，他故意讓花不留意，吞了一口口水。花也沒有注意到，只是繼續介紹：

「那是黑毛豬。因為是自由放牧的草飼豬隻，所以肉會比較結實，但是同時也會有適量的脂肪。而且因為只是草飼，所以可以煮成七分熟。那麼既可以吃到入口即溶又不肥膩的肉質，又會嘗到獨特的油香。最棒的是，這種新鮮的食材，基本上不需要大量的調味和料，只要調之前灑鹽和黑胡椒，然後在煮的時候加入蕃茜、露絲瑪莉和蒜頭就可以了，連牛油也不需要。」花指向碟上橫放著的青瓜，「順帶一提，旁邊的是意大利青瓜。雖然是青瓜，卻是和平常吃到的口感和味道完全不同，一點也不酸。」

「還以為妳只會吃漢堡。」

「當然不會啦，他是怎樣提起我的啊？」

「關於妳的事他有提過，但是我只是記得這點。」

「討厭。」

故意皺起眉頭的花，微嗔的表情有點可愛。

「說笑而已，」良清清喉嚨，「不過聽妳這樣介紹，妳似乎對於煮食這方面也很有研究。」

「略有研究了。」

「我看妳那麼有自信的表情，也不止『略有研究』而已。」

花被哄笑了。

「因為我很喜歡吃，但是出面餐廳賣得食物太貴。有時候不是店太想賺錢，只是在香港開餐館，人工加上租金已經佔了收入的一大半，還沒有算上材料和燈油雜費，利潤可是所剩無幾。我想到既然是這樣，只要知道做法，然後把材料買下來，那就已經省更多的錢。雖然水準和外面比還是有差。」

「但是，我覺得妳的水準比外面來得好啊。」

只吃了一口幼麵的良稱讚道。

「謝謝你捧場喔。其實也不外乎熟能生巧而已。我去了不同的餐廳，用舌頭和眼睛把味道和擺法記下來，做出來的成果也和專業的廚師有七八相似啊。」

「也就是久病成醫的道理？」

「這個比喻是這樣用的嗎？」

花痴痴的笑。和良預期的一樣，花是一個容易相處的女孩，和根據優在日記中描述而推測的感覺很相似。他一邊觀察著花的笑臉，一邊把碟上剩下來的意粉捲起，放入口中。

花對美食的解說，化成調味料，放在口中的各種食物也變得有意思起來。雖然意粉是硬身還沒有煮熟、醬汁和麵條像是分手邊緣的初戀情侶一樣若即若離、而且醬汁讓他想起充滿古早味的上海粥，味道淡薄而水分過多。花果然沒有謙虛，和外面比真的有差。

「好像有點口乾。」晚餐到了一半，良就這樣說。他覺得自己需要喝水沖調一下嘴巴。豬排的肉質，有點令人難忘。

「你會不會想喝些什麼？」花歡快地嚼著肉，同時站起來。「不過我記得雪櫃應該沒有什麼飲料。」

「以為妳昨天有準備。」

「其實也有……」她很像有點難為情，「我買了一瓶威士忌。」

「那就算吧，我自己拿點水就行了。」

「沒關係，就喝些吧。」花阻止了良，又走到廚房裡，「反正煮了大餐，沒理由不開酒的。」

「抱歉，本來應該是妳和優的份。」

「不，」花轉過頭來，看著良，「和你一起飲也沒關係啊。」她的眼裡面，似是流露著些許的悲涼。良認為，那不是自己的錯覺。

很快，花左手抵著兩杯威士忌，另一手的手指則夾著兩個水杯。

「Glenfiddich。」她把水杯和威士忌各放一杯在自己眼前，「12年。」她補充道，大概那是威士忌的年分。

「現在才說有點抱歉，不過我老實不是太懂酒。」良搔搔頸後，「我只喝過Jack Daniels和芝華士。」

「混綠茶？」

良點點頭。花誇張地給他一個白眼。「那麼你要試一試了，這款酒和年分都是優的最愛。」

優最愛的酒。良開始有點好奇，他盯著有點少得可憐的酒液，他沒有試過沒有加冰的威士忌。

「妳端東西很純熟，以前有做過侍應嗎？」

「嗯，大學的時候在餐廳打過三四年工。」

「現在呢？妳是哪一行？」

「哎，優沒跟你說嗎？」花一臉難以置信的瞪大眼睛，「我是紋身師喔。」

「是嗎？完全看不出。」

良完全沒有想過眼前嬌小可愛的女性，竟然會是做這麼叛逆的工作。

「很多人也這樣說。」花「嗯哼嗯哼」的輕笑起來，「大家也會覺得紋身是很反叛、很非主流的象徵。其實在這一代，紋身已經不是什麼新鮮奇怪的事物，反倒是一種自我的表現，現在很多年輕的女孩也會一些線條簡單的小清新紋身，或者記念她們想要記念的人和事。」

「真的嗎？」

「我的店就有很多。因為我只會接待女生，那麼上來的女生就不會尷尬，也不會被她們想像中的環境嚇倒。」

「原來有這種店？」

「對啊。」花點點頭，「不過，當然還是有例外的。」

「妳是指顧客只有女生這件事？」良倏然想起自己的手臂，「妳是說優？」

「對啊。」花點頭的幅度變得更大，她指著舉起的左手前臂內側，「他手上其中一個紋身，是我幫他紋上去。」

「那是什麼？」

「是兩條蛇。」花的手指在前臂上比劃出一條長長的曲線，「兩條互相纏在手上的蛇。」

「為什麼會是蛇？」

「你有聽過靈魂動物？」花問。

「代表一個人內心靈魂的動物？」

「你真聰明。」

「別客氣。我懂中文。」良嘗了口威士忌酒，「也就是說他覺得自己是一條蛇？」

「他相信自己的靈魂是蛇。」

「真難懂。」良裝作明白深奧道理般點頭，然後趁機舔舔唇，減退留在舌頭上的苦味，「為什麼他會相信這種事情？」

「那你可就要自己問他。」

「他要求妳幫他紋的時候，妳沒有和他說紋的原因嗎？」

「有啊。」花說，「我當然會問了，了解客人也是工作的一部分，這樣才能夠把最切合客人想法的作品放在他們的手上，畢竟是靈魂動物的紋身是代表著一個人本身，而且，你知道，紋身是不能夠改的。」花頓了頓，續說，「不過我想，他不太想給你知道。」

「祕密真多。」

「如果你有興趣想紋的話也可以哦，我給你折扣。」

「妳忘記了我是什麼工作吧？」

「沒關係，紋在不當眼的位置不就行嗎？」她指指良的下方示意，「就紋在腳底吧。」

「像是『反清復明』之類？」

「畢竟我也算頗尊重客人，如果你堅持的話，一般來說我也不會阻止。」

木無表情的花一臉正經道，不到幾秒就發出「噗哧」鼻音，和良相視而笑。

「那妳呢？」兩頰痲痲的良，趁著花呷一口威士忌的時候問道，「我好像看不到妳有紋身。」

這時的良，偷偷瞄一下花的頸項。雖然她戴著一條鍍銀幼鏈，但是還是看得出上面乾淨無比。良想起日記所發生過的，也畢竟是幾個月之前的事，怎樣深刻的傷痕也好，大抵早就退得七七八八。良突然想像起花在幾個月前，為了蓋著牙印而貼上膠布的情境。良趁著花不為意，把雙腿夾緊。花向後方指指：

「在背後哦。」她對著良露出別有意思的微笑，「想看嗎？」

「不了。」良搖搖頭，「我怕優會打死我。」

「看一下又不會少塊肉。」

「那麼好了，給我看一下。」良露出勉為其難的模樣。

「色鬼。」

「那妳要我怎樣啦？」

口中是這樣說，他還是打算站起來。然後他記起自己還有其他東西也站了，於是動作就遲緩了。不過幸好花早就動身把丹寧外套脫下來，企在桌前背向自己。她把裡面的無袖米色上衣拉起來，後方的皮膚以及黑色的胸帶暴露在外。一隻用彩色的線條畫出來的一隻小狗。

「小狗？」良問道，「為什麼要紋小狗？」

「那是我以前養的，一起生活了十幾年，兩年前老死了，於是就紋了牠在背後，那麼牠就可以無時無刻也跟隨著我。」

「妳一定很愛牠。」

「嗯。」她點點頭，順手把衣服放回下來，「畢竟是從小到大也見面，而且牠很聽話。」

接下來良和花也討論著關於寵物的事。良一直也想養寵物，但是父母覺得光是養他們兩個已經夠煩，所以兩兄弟也只是想像而已。談得興起的兩人，威士忌也喝光了兩杯。花邊倒邊笑著說：

「我記得優提起你的時候，說你成績很好，人又認真。你一開始還說到自己是做警察，沒想到你是那麼有趣的人。」

良知道花在說客套話，但是內心不免有點喜滋滋的。他清楚知道自己在她面前這麼健談，大部分也是出於花的健談外向的性格和自然的說話技巧。

「還是第一次聽人這樣形容我。有趣的人。」

良連連點頭，他看著掛在花臉上的笑意，確實是比剛見面的時候來得自然。

「而且，你還是一個好人。」

「幹嘛突然就被發了好人卡了？」

「我不是那個意思。只是，其實你也很關心你弟弟。」

「而且，警察不是好人，難通賊才是好人？」

才不是這樣。

我沒有你看到的那麼好——

「世界不是只有好人和壞人，」

良想了好一會，終於找到一個比較滿意的說法。

「還有我們這些普通人。」

他督見花把電話解鎖，「留電話給我。」她把電話遞到良，「如果我有什麼事，或者優回了來，我都可以通知你嘛。」

良在電話上按了幾下，就拿回給花。她接回來的時候又在螢幕上划了幾下。沒多久，放著電話的左褲袋傳來震動。良看到鎖定畫面的最頂端，一個沒有來電顯示的電話號碼，傳來了打招呼的訊息，接著就是心心的表情符號。

「又用不著給心心吧。」

花調皮露齒一笑，然後用兩隻手指比出一個心心形狀示意。

「我也差不多要走了，謝謝妳的招待。」背起了咖啡色尼龍製背包的良整理一下衣擺，把襯衫拉直，「還有酒。」他指指桌面剛剛被他一口飲光的威士忌，嗆烈的木頭香殘留在喉間和嘴腔裡。

「威士忌這種酒說什麼也要開，沒關係吧。」花點點頭，「而且他知道飲的人是哥哥，應該不會介意。」

良心裡持相反意見。良不說。他揮揮手就轉身面向大門，花突然把他叫著。

「那個……不好意思。」

良見到花指向自己的黑色襯衫。花留在胸前的污跡，早就消失了。

他早就忘了要抹掉。但是在這一刻的良，也已經沒有這個念頭。不是因為淚痕不見了，而是良不知不覺間，沒有再介懷這種事。

9

收到花的訊息，良早就把她的名字儲存下來了，因此他立刻就知道傳訊者是誰。這時已經是離開了優住所的第四天。而當他看到花傳來訊息的時候，心臟漏跳了一拍。

他不知道為什麼自己會有這種反應。

——你在休息？

——我也不想打擾你，但是我想找你談一下。

「不緊要，什麼事情？」

肯定是關於優的消息。良刻意要自己這樣想。他突意不加任何感情的在訊息中問道：

「是優回來了嗎？」

——不，還沒有。

——打他手機也還是沒有人聽。

——只是我想說這幾個晚上，我聽到一點怪聲音。

良不知道怎樣回應。是要我上去看看嗎？雖然良覺得跟自己無關。

「是鄰居嗎？」

「要我拉他去暗角？」

——我不知道啊。

——不是啦哈哈，就算真的是鄰居也請不要這樣做啦。

——對啊，我忘了說。

——這幾天我也住在優的家裡。

看到這裡，良的胸中一凜。他沒想到花還會住在優家中。雖然他想到這個可能性，不過一直也沒機會問到。他於是緊接問下去：

「原來是這樣。那麼妳聽到什麼聲音？」

——「喀」、「喀」這樣的聲音。通常也是半夜兩三點。雖然也只是一下，但是都夠嚇人啦，我又是那種一醒來就很難再睡覺的那一種類型，所以覺得很困擾。

「是嗎？那麼妳知道聲音在哪裡傳來嗎？」

良一直在想應該要怎樣問，才不會讓她覺得奇怪。他傳了出去之後就馬上後悔了——如果不想讓她感到懷疑的話，最好的辦法是不問才對啊。良開始有點焦急，然後他又收到花的短訊。

——不，我不是太清楚。

——不緊要吧，我也是想說說。

——能夠說這種話題的人只有你而已。

只有你而已。

這句話對一個異性的殺傷力有多大，良當然很清楚。但是他的理性，立刻把他被歲月磨得所剩無幾的少年心壓著。

「我沒想到我在妳心中是這樣重要。」

他故意打了幾個讓說話看起來比較逗趣的、哭笑不得的表情符號。

——我是認真的。

——知道我在優家裡住的人只有你一個。

——我幾乎沒有朋友了。

良覺得花突然說起這種事很奇怪。畢竟現在是一點鐘，凌晨。雖然明天良不用輪班，但是半夜收到一個女性向他談心事，那個還要是自己弟弟的女朋友，良的心情相當一言難盡。

「怎麼會？」

「妳那麼健談。」

但是良知道他眼下要做的事情就只有聆聽而已。

——那個只是偽裝而已。

——而且我沒有可以談這種私隱的親密朋友。

——雖然在你面前這樣說不是太好。

——但是讓我沒朋友的人是優。

我早就知道了。良很想這樣說，不過話說了出口，要解釋的事情也相當多，包括日記的事。同時，也表示讓花知道良一早了解優對自己施暴這種既可恥又私密的事情，恐怕這樣一來，兩人也不可能這麼開門見山的談下去。

「為什麼這樣說？」

先引導下去，之後就看花對自己的信任程度。

——我不知道以前的他是怎樣。

——不過他對我很強硬。

——我一開始也知道他是這樣的人，所以也當他是大男人性格而已。

——但是後來他禁止我和其他人溝通。你知道了，我雖然只接女性客人，但是有時也會和其他的紋身師一起玩、一起喝酒。

——我當然大部分時間也是談工作上的事情，但是他對我和其他朋友晚上去酒吧玩這件事一點也不放心。

——他的控制欲很強。雖然他工作很忙，但是他也會不斷要我報告行程，要我打開電話的衛星導航系統，到後來甚至不讓我和男性在一起，就算不是單獨出門也不可以。他後來過分到趁我睡覺的時候，用我的指紋解鎖，把我和男性的訊息和電話也刪掉。

——我當然有向他投訴，還差點要分手。

「嗯，真是很過分。」

——但是過了一陣子我還是心軟。

——如果他不愛我的話，也不會這樣做。

——但是到了後來，我也還是離開了他。

「聽妳這樣說，優他的確做得很不對。妳現在才離開他，一定是他做了些妳無法忍受的事吧。」

——嗯。

然後過了十分鐘，花也沒有再說什麼。對良來說，並不是好消息，因為他不知道應該怎樣接下去。沒理由在這麼私隱的事情下繼續追問。畢竟，交淺言深。要是安慰的話，良又不常說，於是拖累下去，二十分鐘也到了，雖然想到大概要說什麼，但是已經到了回覆卻顯得尷尬的時間點。於是他也硬著頭皮，傳了他覺得是今天應該要說的最後一句：

「如果妳覺得不舒服，不說也沒關係。」

「妳想談的話，隨時也可以找我。」

加一個笑臉符號，嗯，完美。

晚了，睡吧。良這樣說服自己，然後就爬上床。但是閉上了眼的他，卻怎樣也不能夠入眠。訊息的內容讓他沒法放下心來。

優對花做的監控，日記裡面沒寫過。良覺得是理所當然的，搞不好這個才是優的真面目，因此他才不會這種真正發生過的事寫在日記上。

但是比起優的真實性格，另一件事更令他困惑——一開始花提及的那些「喀」、「喀」的聲響。如果她今晚還在優那邊的話，大抵也會聽到那些聲音。

那種聲音，真的存在嗎？

他腦中立馬閃過優家中那個上了鎖的大衣櫃，還有他日記裡面的那些小祕密。良沒再多想，馬上從床上爬起來，故意不去拿起電話，在自己的Porter後背包裡面，掏出一個黑色硬皮小筆記本。

自他看完日記之後，一直就放在背包裡面。他有一剎那衝動想把日記拿給仁看，但到最後還是打住。良把日記打開到內置的書籤帶夾著的那一頁——

6月20日

昨晚，我不小心殺了汶。

（續）

我知道玩這種遊戲有這樣的危險性。但是，我實在控制不了自己。那時候的我，什麼也沒辦法想，什麼也不會想，連什麼也看不見，當我回過神來，雙眼看見的時候，她就已經不會動。

我解開了手扣和腳鐐，也找了一張厚被子包著汶。但是，即使我怎樣把她當成人一樣看待，心中的理性很清楚的告訴我，汶再也無法活過來。

我要找方法處理她……

6月21日

昨天我請了一整天的假。因為外面下著大雨，雖然還幫屍體蓋上了被子，卻還是比想像中腐爛得還要快，早上的時候，屍體已經開始失去了溫度，我甚至聞到一股微弱的臭味。雖然關了窗，也開了很大的冷氣。我多穿了幾件衣服，牙關也格格震顫著，但是我真的很怕味道會傳外面去。我花了好一會去想怎樣解決汶的屍體。就這樣把屍體棄掉是不可能的，所以我目前想過最好的辦法，就是分屍。但是我不知道應該怎樣做才正確，因為被強烈驚嚇和罪惡感重壓著的我，連上網找資料的勇氣也沒有，生怕會留下線索，讓警察有機會逮到我，即使我從廁所吐了好幾回之後，已經不斷說服自己，這個世上除了自己以外，沒人知道汶已經死去。

於是我嘗試想像一下，把屍體分割的重重過程。我在書櫃上找了一些連環殺人犯的案例實錄。分屍的過程比我想像中困難很多。先不說要平靜地把情人分屍的心理狀況，要找到足以把屍體的關節分割的銳利工具。一般而言到五金鋪就能夠買到木工鋸子，甚至可以去刀具店買來。但是，如果後來警察發現了汶的失蹤，一旦追查到我曾經買過刀，可不就是會東窗事發了嗎？

第二，如果想把人體分屍，最好的狀況是用熱水把屍體煮熟，切開的時候才會更容易。但是，我的洗手間並沒有浴缸，如果但是用熱水壺的話，恐怕只會用更多的時間。如果不煮熟就分屍的話，就必須要放血。要是這樣，我非常擔心唐樓殘舊的水管會不會因為血的緣故而生鏽，或者留有痕跡；如果強行用熱水沖走的話，血液會因為蛋白質而凝固，黏著渠口管道，阻成汙塞。不過比起這些後續問題，我可要先考慮水管本身就已經有破裂跡象，或者離渠口有一段距離，那麼血腥味就可能引來什麼人的注意。

當然，我可以使用馬桶來處理血液，但是又會回到生鏽或者汙塞的問題。

一想到這裡，就覺得相當的煩惱。更不用說肢解之後，屍塊應該要去哪裡丟才好？沒理由隨便放在街尾的垃圾房，香港也不像外國，可以隨意把屍體埋在土裡。

就在這個時候，我看到一個個案。連環殺人犯把誘拐少女，結果直到他失手被捕之前，才得知他把姦殺受害人之後，把屍體灌入水泥，埋在地板底下。而由於屍體灌了水泥，因此屍體一直也保持著缺水和密閉的狀態而沒有變味。

個案啟發了我——我不一定要棄屍。只要把屍體一直收藏在家中，再找機會想辦法扔掉就行了。

但是，我還是有其他的考量。屍體即使在一個密封的環境，依舊會出現腐敗的跡象，腐敗氣體會把水泥硬生生撐開，臭氣還是會洩出來。所以必須找方法解決。

而且，唐樓並沒日式傳統的收納式地板，也沒有外國那般有暗隔地庫之類，既然是這樣，就必須考慮只有香港才可以使用的方法。

稍稍考慮一下之後，我找到了方案了。我先到家品店買了一個收納的大膠箱。然後，再特地到離家有點距離的黃大仙和觀塘工廠區，買來了幾十包足以把大膠箱填滿的石膏粉和幾個用來溶解石膏的小膠盆。我認為水泥的效果會比石膏好太多，但是一般人並不容易入手水泥，而且也會更容易被警方懷疑。

材料已經到手了，接下來的程序就變得簡單。只要把石膏粉倒入裝了水的小膠盆，往裡面攪拌，然後在硬化之前攪屍體放入預先塞在衣櫃裡面的膠箱，然後才再倒入箱中。當然，事情並沒有這麼順利，這種做法的石膏很快就凝固，而且產生很多的氣泡。不知道是幸運抑或不，我還沒有把石膏倒入膠箱內，就發現這個問題，有謹慎行事實在太好了。如果把這種半吊子一樣的石膏倒入箱中，即使膠箱附送蓋子，但是畢竟不是完全密封的，所以難保可能會洩出臭味。而且，冒出的氣泡，也會還一小部分的皮膚接觸到空氣，結果還是會氧化。於是我上網尋找解決方法，結果才知道原來水和石膏粉混合之後，要讓石膏粉把水充分吸收，自然沈入盆底，還要靜置約15分鐘之後，才可以輕輕攪拌。

結果出來的效果就和想像預期一樣，膠箱裡充滿平實堅固的石膏。我還故意先讓一部分石膏倒在底部，才放入汶的屍體。那麼，屍體的所有部分，也會確實地被石膏包圍著。

我僅僅花了兩小時不到的時間，就完成了這項工作，把箱子的蓋合上的同時，也鎖上了衣櫃。如果一時沒有想通的話就跑去碎屍肢解的話，花的時間肯定是五小時以上。在那一剎那間，我竟然冒起了一絲僥倖，還有某種大作業完成後才會有的滿足感。

明明昨晚才殺了自己的情人，但是今天，我卻為著完美處理了汶的屍體而感到高興，還為著昨天的作業而感到慶幸，寫了一大篇日記去做記錄。

不知道為什麼，搞定了善後工作之後，我到了便利店，買了兩支我從來沒有碰過的Hoegaarden Rose。聽說這款啤酒一點也不苦，相當容易入口而廣受嗜甜的女性歡迎。不過對我而言，麻煩的地方並不在於苦澀——我本來就很喜歡喝Long Black和Macchiato。啤酒「噗哧」一聲之後，冒出的氣泡和二氧化碳才是我真正的對手。

我回家之後拿了玻璃杯，模仿之前去酒吧看到酒保倒酒的架式，把杯子斜成近45度，把啤酒緣杯邊內側倒下去，像士多啤梨糖水一樣澄紅的清澈酒液，以及微微滲透著粉色的泡沫，「咕咯咕咯」的，把杯子填滿。

我吞了口水，聽著啤酒中的氣泡活躍地「沙哇沙哇」的泣號，杯內頂端的泡沫在眼前慢慢像潮退一樣消滅退滅，我把杯緣遞到唇邊，一鼓作氣把啤酒倒入嘴裡。柔軟的舌頭感受到氣泡的侵襲，一時間想把酒液吐出來，但是我還是把它克服過來。大概是啤酒的氣泡並沒有想像中那麼刺激——畢竟不是碳酸飲料，還是比較容易應付。反倒那種近乎紅石榴糖水的甜膩才讓我覺得難受，但是，我還是把兩瓶啤酒也開掉。

連接的開瓶，就像為著戰勝某種宿敵而慶功一樣。我開始懷疑，或者我殺死汶這件事，並不是一場意外。就像我當年為了哥哥把毫無恩怨的學生打傷一樣。

之後，我換了被單，舊的把它放在一個垃圾袋裡面。畢竟上面曾經放過屍體，而且昨天的體液依然黏在上面，包括因為汶因為死去而不受控地放鬆的膀肛和括約肌所洩漏出來的分泌物。然後一晚沒闔上眼睛的我，切切實實的睡了一覺。今天，殺了人的我，照樣回律師樓上班。但是今天上班的細節是如何，已經被莫名的興奮覆蓋了，完全拋諸腦後。為了理這種情感，我只能夠把昨天發生的一切，也寫在日記裡面。下筆到這一刻，我甚至開始質疑把罪證寫在記事本的理由，與其是隱藏私密，毋寧有一種想還自己以外的人看到的渴望。明知擁有小雞雞的暴露狂，為什麼會自願把最不堪的一面展露於人前，在這一刻，我總算漸漸了解。

6月22日

花已經很久沒有打給我。作為前男友的我，卻是一點也沒想打給她的意欲。與其是怕自己骯髒的小祕密被揭露，倒不如說我的罪疚感早就讓我了然自己在她心中已經失去了地位。花固然不知道我把汶殺掉，可是我卻認為自己已經沒再成為她男友的資格。

真的很奇怪，對於汶的死，我除了覺得煩厭之外，卻毫無感覺。早就從我的生活中退場，對事件一無所知的花，我倒是被愧疚壓得在她面前抬不起頭。

一直以工作為上的我第一次，開始失去了上班的意欲。

明天還是缺勤好了。

6月26日

大約凌晨三時的時候，床尾突然一陣騷動。像是有一雙看不見的手，撩動我的被子，還有腳踝。腦子昏鈍的我，下意識認為是花或者汶一時性起在搞事，我還用腳踢開不存在的東西。然後，「汶」，沒錯，這個字詞像突如其來的電擊一樣，「啪」的一聲讓我整個人清醒過來，上半身倏然彈起，背脊緊貼在牆上，雙腳縮成一團，強行瞪得老大的眼睛，視線緊緊盯著床尾，以及聳立在緊貼床尾的大衣櫃。這一下子，我才記起，汶的屍體，就被禁錮在水泥之中，鎖在眼前的衣櫃裡面。

我所犯的彌天大禍，證物一直也近在咫尺監視著我，近在我的腳下。那麼重要的事情，竟然是事件發生差不多一星期前才意識到。

我這幾天也沒有上班，連出門的力氣也沒有，只是在床上滑滑手機，累了就去了睡覺，一直也沒有前途逐漸被毀在手中的自覺。不，或者早在汶被殺的時候，支持著自己人生的某個部分，就像陪葬品一樣，隨著汶的屍體埋在水泥之中，再也不可能拿回出來了。

也因為這個緣故，我這幾天連日記也寫不出來。除了自己這幾天沒什麼經歷值得寫以外，最大原因是自己連基本的感覺也失去了。不單是心理上，而是生理上。我這幾天完全沒食慾，從不感到肚子餓，也不渴，進食也只是基於覺得「不吃飯不行」、「必須像人類一樣滿足生理需求」之類的有意識行為。但在強迫自己吃東西的同時，也沒有覺得噁心。類機械式的行動，連讓我覺得奇怪的念頭也沒冒起。當然，我連自慰的想法也沒有，軟垂的下腹也只是像是生來就理所當然地毫無變化、樹幹連帶長出來的枝節般存在。間中的晨勃也只是生理反應而已。

畢竟是殺了人啊。為著種種的行為，我自顧自的作出解釋。怎樣說也不是真正冷血殺人犯，不可能對殺了人這種事毫無感覺。幾天前的各種失序，僅僅是腎上腺素的驅使而已。照這種邏輯推演下去，一切也是生理反應。突然，我對這樣的自己有一點失望。這個也是這幾天來唯一比較強烈的情緒。

然而，半夜因為惡夢而驚醒的強烈不安，把我連日來下意識壓抑的情感推到最高點，就像存了好幾天的精液一樣濃厚而黏稠，我對外界一切的觸感，也一併爆發，變得異常敏銳。桌上時鐘的「的搭」巨響，油畫幽暗卻又情懷滿點的色調，電視如崖淵般深不見底的黑，冷氣還有雪櫃運作的摩打聲，腳底和屁股磨擦著被單和麻布床面的「嘶沙嘶沙」，空氣在鼻腔和口腔之間急速拉扯的聲音，一切也被放得前所未有的大，彷如穿過耳膜，直接在腦中發出聲響。簡直就像是吸了大麻一樣，但是你感覺到時間一分一秒切實地過去。

前方毫無先兆地，再次「喀」的一聲巨響——至少在我聽來是這樣。我猛然不住點頭，重新緊緊注視前方。當我意識回來的時候，衣領和背後，黏著汗水。我知道那是冷汗，雖然我以前從沒有試過，但是本能還我知道那是只有恐懼達到頂點的時候，才是分泌出來的。那種突如襲來的恐懼，即使是發現汶死了、甚至意識到自己闖下大禍的一剎，也沒有試過冒出冷汗來。

我一直死盯著櫃子。我沒有看到，也不肯定剛剛聽到的「喀」是不是錯覺，不過如果要說出處，也就只有眼前的放著汶屍體的櫃子。我忽然想到，是不是到了頭七。但是屈指一算，離汶死去還沒有七天，而這種怪力亂神、毫不科學的想法，可是完全沒意思。一直抱持著這種想法的我，直到金黃色的朝陽透過後方廚房的窗子，照到仿木地板以前，也還狠狠死盯著衣櫃的門。

直到這一刻，我實在不敢把上鎖的衣櫃打開。比起看到汶從石膏解放出來，推開緊閉的膠箱，站在衣櫃裡，空虛卻充滿壓迫感的眼球盯著打開衣櫃的我；我更加害怕櫃裡只是依舊只有放在著石膏塊的膠箱。因為從緊密的石灰裡面，我看不到汶還是不是被石膏封印在裡面，抑或她已經從物理以外的方式走了出來，然後站在床尾，翻著白眼，滿腔怨恨，半張的嘴卻發不出任何聲響，於是和平日一樣蒼白而冰冷的手，敲著衣櫃的木門，然後理所當然地，發出「喀」的一聲……

我恨透自己豐富的想像力。

6月28日

我已經受不住了。

每天的程序，就只有沉沉的睡去……然後被「喀」的一聲嚇醒了，然後盯著依舊空無一人的前方，接著又嘗試什麼也不想，就這樣倒頭大睡……不到幾十分鐘，又被我也不確定存不存在的聲音嚇到……

後來我實在睡不下去，即便自己的眼睛幾乎睜不開、頭昏腦脹到接近失去思考能力，我還是去了便利店一趟，買了幾個麵包，還有幾罐King Size的啤酒。我故意挑比較便宜、現在直做著折扣優惠的Heineken。我已經不打算再上班了，調了勿擾模式的手提電話已經沒再收到公司打來的追命來電，因此嚴格來說，我是一個失業人士。眼下的我，即使有一點點的積蓄，也只能夠從現在開始省吃儉用。居然還能夠有這種想法，也不得不佩服自己的自律。但是，我連這種自豪的動力也沒有了。

結果到最後，很痛苦很痛苦地，只能夠憑著意志，勉強寫出行文僅僅通順的文字來。

對了，剛剛我打了通電話給花。我這一刻才知道，她早就把我的電話拉到黑名單去了。

6月——

我決定什麼不管……花、汶、師爺什麼的……我……到底接下來要去那裡，我自己也不知道，我訂了去台灣的機票因為台灣沒有刑事的引渡條例即使汶的事被發現了也沒關係。既然沒引渡條例，汶也不可能追到台灣來那種「喀」「喀」聲也不會！！！

我有想過把日記丟掉但是沒關係反正被人發現不是更好嗎？

反正也抓不到我啊。

10

良的一生，從沒有螢幕上看過這麼多的未接來電。即使他中學暑假的時候沒通知母親，和朋友偷偷出外飲酒再到被另一班人叫去網吧打機打到下午也好，電話重新充電後也沒試過收過這麼多的未接來電。

良睡醒之後，心情忐忑地看電話，卻沒想到一整排的訊息，還有未接來電。全部也是花一人打過來。

其實只要看訊息就知道大概，但是良卻把全部接到留言信箱的留言也聽了。

——良，對不起。如果你醒了就打給我，謝謝。

——抱歉，我真的很害怕。你快點過來。謝謝。

——良，你有時間就聽電話吧。我不知道怎樣說才好，總之你快點過來。只有你才可以幫到我。

——……

每個留言的內容大致上也是類似這樣，只是花的語氣愈來愈著急，嗓音也開始變得沙啞，即使聽不懂錄音的意思，也知道事情的緊急性。

良當然也看了訊息，但是裡面的資訊和留言也是相差無幾，也沒有明言究竟是什麼事情讓她如此倉皇。他於是撥了通電話，沒響了多久就接通了。

「抱歉，我現在才醒。」

良道歉。

「我、我……」

花吞吞吐吐，似乎不知道從哪裡說起來才好。呼吸有點厚重的她，聲音很疲睏。

「我明白了，我大概知道什麼事。妳現在是不是在優家？」

「不、不。我在樓下的咖啡室裡。」

良差點想問是不是他家樓下。

「好啊，我今天放假，我過來找妳。」

他當然沒蠢到這個地步。他問了店名和大概的地址，套了件麻質白襯衫就出外了。

咖啡室在太子附近，時間還不到九時，街道上已經看不到學生，但還是看到一些準備坐車通勤的上班族，以及在花店前打點的店員。天色已經全光了，不過太陽還沒有完全掛到半空，因此到了目的地的時候，良也沒有像上次去優家般額頭冒出汗珠，不過到了中午就很難說。即使用了導航地圖，他找了好一會才見到花指名的咖啡室店面。一隻成年啡白相間的哥基犬伏在店前的階級，幾個穿著正裝挽著西裝外套的男人正在等著外賣咖啡。良探頭一看，店內幾乎沒有任何客人，只有一個中長髮的女人伏白色的桌子上，前面放著一杯墨綠色的咖啡杯。

他到了收銀台前，沒怎樣看頭上的菜單版就點了一杯濃縮泡沫咖啡。穿著皮製圍裙的男人，滿臉笑容的看著良，給了他一張收據。

良在伏在桌面的女人對面坐下，背包則放在旁邊的椅子上。沒多久，咖啡還有一條糖包，就放在良的跟前。在這個時候，良已經確定眼前的女人就是花，雖然他沒有確實看到她的臉。

除了她那頭燙直的亮啡色頭髮之外，她外面罩著一件卡其色針織外套，但依然隱約看到套在裡面的灰色無袖上衣，剛好也就是上次見面的那一件上衣。頸後也看到那條銀鏈。除此之外，良雖然覺得單是想像也已經怪不好意思，但是那個女人身上傳來玫瑰淋浴露的溫潤微香，和上次在優家中，花把威士忌遞到自己面前聞到的味道幾乎是一樣，除了上一次混雜了汗水乾透後特有的酸氣。

還有她掛著一撮頭髮的右耳背後方，微微泛紅的皮膚上一小點、不特意去看就不會注意到的痣，就和日記所寫的一樣。

良呷一口咖啡，才發覺杯中的濃縮咖啡早就乾了，在他注視花得入神的時候。他在想自己會不會看得太顯眼，花固然還在入睡，但是不難保店員正在偷偷瞧向自己，雖然自己只是靜靜打量著花身上的各處而已。

可是，良還是沒有開聲叫醒花的打算。他覺得自己總是在工作以外的時間，錯失了做正確決定的時機。正當良在苦惱著應該要搖搖花的肩膀弄醒她，抑或是點一杯新的Affogato的時候，沉吟從前方傳來。很快，花拾起頭，抹了抹眼睛，又用手撩撩頭髮，把掉了來的髮絲撥到耳後，就在整理了不到五秒，她的雙眼才和良的視線對上了。

「抱歉，昨晚我睡了。」

良再一次道歉。他實在不知道在這樣的環境，應該給拋出怎樣幽默的話句，才可以破除眼下夾在兩人之間的尷尬。於是他又把在電話中第一句話說出來。

「我才是不好意思，昨晚無端端傳訊息給你，又擅自的睡了……然後又打了那麼多通的電話……」

比起電話裡聽到的聲音，花的話語明顯清晰了，大概是因為睡了一會，恢復些許精神的關係。但是同時間，不知道是不是因為剛剛睡醒後血色衝上臉上，花的臉頰有點紅紅的，重新把視線和良對上的花頓了頓，呼了口氣，像是想說重要的事情，這個時候良打斷了她：

「在這裡不方便說，而且我有點東西想給你看，不如我們轉個地方。」

花對良阻止她說下去的行動有點不解。

「我們去哪裡？」

「優家。」

花單薄的身體微微縮了一下，但是這個夾雜著驚慌的小動作，也收在良的眼內。但是良覺得這一刻的花，沒有拒絕的餘地。

她有知道真相的權利。

11

在花把日記放下之前，良一直喝著在附近買來的罐裝梳打水，感受到冷氣機吹出來，乾燥又舒爽的涼風。他想問花自己可不可以抽煙，但是當良看到她坐在沙發床上，專心一意閱讀日記的表情時，就放棄了那個念頭。他不一會就在雜物櫃上找到一個清空了煙蒂的煙灰缸。察覺到缸底有焦痕，就放在飯桌上，從只剩不到半包的黑曼裡面抽一條出來放在嘴邊，點燃起來。

還沒有點到最後一條，花就把日記蓋上。良看到花茫然的神情，應該就是把整本日記也看完了。一時間，兩人也沒有對話，只有不同步的呼吸聲。

「我其實不太想讓妳看到。」

先開口的是良。他不期望看到這本日記的花，可以給出什麼想法或者結論。因此總要有人先打破僵局。

「但是為什麼現在又要給我看？」

他聽出花略帶鼻音的反問。良想把桌面的紙巾盒遞給她，才發現臉色變得蒼白的花正盯著自己，抿成一線的薄唇透露著某種不滿。

「因為妳已經看到了那個石膏磚。」良解釋道，雖然他知道並幫不上什麼忙，「其實那個櫃子本身是上了鎖，不過那天我看了日記之後，情急之下就把它弄壞了。我想過先解決了膠箱，但是發現石膏磚實在太重了，就想著先去做些正事才回來解決，結果就見到妳了，於是我一直也沒有辦法收起它或者把櫃子鎖起……」

就像是在陌生國度迷路一樣，良開始覺得自己漸漸不知所云，甚至聽起來更像是自辯。去到後來，他的聲音愈說愈小，甚至在奇怪的地方停住了。他開始後悔先把日記給花看，而不是先解釋因果。

「也即是說，你一早就知道事情的來龍去脈。」

花冷冷地問，嗓音依舊和電話聽到的一樣沙啞。良分不清她是因為太生氣所以語氣才這麼冷，抑或是被事件嚇得沒法在言語中插入感情。

「抱歉。」

除了道歉，良實在說不出什麼來。

「不用道歉吧，又不是你的錯。」

花接話，態度變得輕軟，這頓時讓良鬆了口氣。但同時間他也開始擔心花的情緒會不會變得異常低落。他抬起頭，發現花一直望向自己，找尋著和良對上的機會。

「你打算報警？」

她問道。良眨了眨眼。

「為什麼會這樣想？」

「因為你是警察。」

花見良沒有答話，她的語氣開始變得焦急：

「你不要啊。我知道，優他做錯事，但、但是他只是一時情急才會這樣。我知道的。你在日記裡面也看到，他有……他有虐打我，但是他有試著想要改……」

「去找性伴侶幫自己改變？」

花登時閉上了嘴，視線也看著移向沙發床上。這時，良才發現自己的語調嚴厲，目光也緊緊抓在花微咬著唇的臉蛋上。

「這個方法妳接受嗎？」

他側側頭，感到臉頰兩側的肌肉拉得緥緊，花還是沒有說話。一陣子後，氣息從良的鼻子噴出。他閉上眼，收斂了情緒，試圖平復自己的語氣：

「如果優真的殺了人的話，搞不好我真的會幫他棄屍。至少我不會用公權力去令他伏法。妳知道為什麼我要當警察？」

良突然轉變話題，使花的臉色不著痕跡的改變了。她搖頭。

「因為一直想做警察的人是他。」

花轉過頭來，瞧向良的眼睛瞪大了。

「那、那麼為什麼……」

「為什麼他最後做不了警察？我以為他有跟妳講……很簡單，因為他為了我而留了案底。」良摸摸一星期前才剪過的後腦髮，「說來話長，我這邊暫時不說。我叫妳上來，是不想外面的人誤會我們，畢竟聽起來也不是什麼見得光的事。」

「嗯。」

花點點頭，不知道是認同抑或純粹是不知應該怎樣回答而給予的反應。良沒打算猜度，只是繼續自顧自的說下去：

「我給妳看這本日記，是為了讓妳更了解他的真面目。他並不是妳想像中的人。」

「那麼我現在知道了。」

花大概是指殺人犯的事。良搖頭打斷了她。

「不，我並不是這個意思，我是說他的『真面目』。」

如同走入更深的迷霧般，花的眼裡冒起比剛剛看起來更疑惑的不安。和她對望著的良這時卻忽爾露出了微笑，緩緩了開口。

12

良已經知道原本打算給優打室內電話的人是誰，即使他們素未謀面。因為從推開咖啡廳那道沉重玻璃門的瞬間，那個男人就一直注視著自己。

門關上以後，「叮噹叮噹」的鈴響還沒有打算停下來。三百餘呎左右的室內擺著不到十張的柚木桌，不知道是刻意的設計或是本來樣貌，殘舊的水泥牆上外露了整齊排列的深紅色磚頭，不過那種隨性卻又意外沒帶來骯髒的頹敗感，反而顯出店主的品味和大膽，而面對著門口的那幅牆上，掛了一個大黑板，用粉筆寫著飲料的名稱和價格。走入咖啡廳的瞬間，客人也感覺置身於某個小國的家庭式餐館，自身的樣貌和氣氛也超脫於21世紀的香港人。

室內的光源要是不算上向著街外的大玻璃，就只有入牆式仿燭台，以及從天花板垂下的幾個燈泡。有趣的是，燈的款式並沒有採用偽復古味道濃厚的工業系，而是沒有裝上燈罩的鎢絲燈泡。

靜靜觀察著四周的良沒有怎樣猶豫，就向著那男人的座位走去。他在那男人的注視底下，在對面坐了下來。

「你在搞什麼？」

在良把思量了很久的開場白講出口以前，男人就開口了。但是不管是語氣抑或聲調，也充滿著不滿，同時滲透著某種不肯定。

「你這幾個月究竟……」

「還是先說清楚比較好。」男人一直打量著自己，讓良相當不舒服，他也不再故弄玄虛了，「我不是優。」

「你不是……」

「我叫良，」他頓了頓，伸手抓著侍應生剛剛放下的那一杯室溫水，「優的哥哥。」良補充，然後把水杯放到唇邊。

「喔，對喔，優的哥哥。」

他一臉不相信，不，與其說不相信，倒不如說是表情充斥著百般嘲弄。良從入門開始，就一直猜測著優管眼前男人的關係。他看到那男人服裝的時候，只能夠猜出他對打扮很有自己的想法。他穿著黑色圓領T恤，外搭一件日式輕便和服，還戴著一條低調的銀鏈。只聽見眼前男人的語氣帶著滿滿的質問：

「你覺得很好玩，對吧？」

「我知道有點難以置信，不過我等下會解釋給你聽。」

「對、對。我就聽你解釋。」

他把手抱在胸前，毫不客氣的。良感覺自己前額的血管正一跳一跳的，他決定不正面和眼前的男人起衝突。

「我先點東西。」

良沒有打開菜單就舉手。早在他進去之前，他就已經在見到劃在門外看板上的粉筆字——與其說巧合倒不給說更像天意——侍應來到的時候，他毫無猶疑就開口了：

「我要一杯On Tap的Young Master，1842，0.5L。」

眼前的男人，用著難以置信的表情望著自己。待到侍應走開之後，他就開口問了：

「你知道為什麼我會點這個嗎？」

男人並沒有回答。

「看你的表情，應該不需要我多解釋。」良繼續說，「我不知道他有沒有克服到，不過人沒什麼經歷過什麼大事，基本上不會改變自己的習慣，尤其是自己討厭的事情。」

男人點點頭。

「他喝不了氣泡飲料，從小就是這樣子。」

「不過，這不代表什麼。」

男人冷冷的回道。

「能夠了解這件事的人，不單單只有兄弟，」男人揚揚眉，「還有本人。」

對於男人的說法，良不感到意外。而且在優的日記裡面，他確實克服了氣泡飲料。因此可以正常喝啤酒，並不代表什麼。良於是刻意說：

「你一定還以為我是優裝神弄鬼。」

「喔，你也知道這件事。」

良點出了男人對自己的疑惑，雖然他覺得整件事很扯。怎會有人會在自己認識的人面前，裝成是和自己一模一樣的哥哥這種那麼白癡的事情？但是那個男人在良沒有說完之前，就立即搶白。

「那就好辦了。」他拍拍手，然後擺擺手，「我們就攤開來說吧。別再扮了，優，我沒這個時間和你玩，你的初稿完成了嗎？」

「甚、什麼初稿？」

「你他媽的……我告訴你知道，我已經受夠你那種垃圾把戲，還有……你甚至不打算變裝？」

男人打量了良的全身，結果他突然像凝結一樣，動作停止了下來。良隨著男人的視線看向，那是黑色襯衫衣袖摺起後露出的前臂。

「你、你的紋身？」

「我沒有紋身。」良淡淡地說。他知道兩人的對話總算返回正軌了，「我是警察，不可能紋身。優失蹤了。我是因為房東的電話才知道這件事。後來接到你的電話，於是我就出來，看看你會不會知道關於優的去向。」他三扒兩撥間，把來龍去脈在男人面前理清了。

「如果我知道我不會打給你……我的意思是，抱歉。」

大概是發現自己眼前的對像並不是自己熟悉的優，也明白自己怪錯了人，男人把剛才的種種不禮貌收起了，正式道了歉。這些改變統統收在良的眼內。

「不緊要。」良耐著性子的接受他的道歉，「我想優也給你很多麻煩。」

「哎……不、不會。」

良知道男人在說謊。不需要什麼刑警的直覺，也不是男人的戲做得太差，而是從剛剛的對答，坐在這張桌子上的兩人也知道，眼前的對方是優捅出麻煩後的善後者。不過，現在不是搞受害互助會的時候，良拋出他剛剛聽到的疑問：

「先不說優的去向，你剛剛說的初稿是指……」

良發現眼前的男人，一直繃緊不已的臉色緩和起來，緊緊吊起的單眼皮也下垂了，大概這個才是他平時的模樣。男人抓起放在杯墊上的咖啡杯。

「他沒跟你說嗎？」

那個男人邊嗅著放到鼻前的杯子，邊搖頭嘆息。

「優是一個作家。」仁把咖啡放到嘴邊，又呷了一口。「推理小說作家。」

破

1

「作家？」

花露出一副難以置信的表情，良想到自己當時在咖啡廳聽到仁說出優身分時，大概也是擺出相同的模樣吧。

「我一直也以為他是在律師行裡工作……」

低下頭的花咕噥著。

「師爺。」良補充道。他把日記裡面看到的也照樣搬出來，「正如我之前說我一樣，他從來也不說關於自己的事情，我是看了日記之後，一開始也和你一樣，以為他是一個剛剛考到牌子的律師助理，背著女友和會玩得很瘋的女人偷情，因為不小心在一場性虐遊戲把她殺掉，把她埋在石膏裡面然後完全不顧後果的潛逃。你也是因為看到衣櫃裡面的石膏磚，所以變得很慌張吧？」

「但是，我、我沒有想到他真的會殺人。我只是因為半夜聽到奇怪的聲音，然後把想到會不會是衣櫃有點什麼。打開了燈鼓足勇氣打開衣櫃，結果就看到放在膠箱裡面的石膏。雖然沒想到優會殺人之類，但是整件事太過詭異，我實在太慌張了，才會不斷打給你。」

——一個手無縛雞之力的獨居女生被聲音嚇醒了，然後戰戰兢兢的打開衣櫃，接著就看到一磚不明就裡、卻散發著詭異氣氛的石膏磚……良想像著各種像驚慄電影般的畫面，登時覺得花很可憐。他於是試圖改變話題：

「不知道是天意抑或偶然，我從那部母機接到一個男人打給優的電話，然後在外面見了面，也因此從他口中知道優是作家這個資訊。」

「那麼……既然他是作家，那衣櫃的石膏是什麼一回事？」

花指向大衣櫃。良走到衣櫃前把鎖被弄壞的門打開，看到沒裝著任何衣物的櫃裡面了一個透明大膠箱，裡面隱約看到一個不太平滑的石膏磚。他轉向花示意她過來，只見她急忙縮起身體搖搖頭，發出柔弱小狗般的低嗚。

「那個石膏嘛，」良嘆了口氣，「當然也是優的傑作。不過，裡面應該沒有藏著屍體。」

「你為什麼會這麼肯定？你有什麼根據？」

妳很想妳男朋友是一個殺人犯嗎？

良很想這樣質問，但是他知道這樣做是毫無意義，至少對兩人的關係而言。

「當然沒有。剛剛我也說過，他只是一個作家。不是變態佬，也不會有人把屍體拋在住家之後就逃掉。」

「也不會有人在自己家中做一個放在膠箱裡的石膏磚，然後再放在衣櫃裡吧？」

「妳這樣想也是正常的。」良點點頭，「不過，優和其他人不一樣。他有一個怪癖。」

「怪癖？」

2

「怪癖。」

良重複著仁的話語。就在沒多久以前，侍應把咖啡放到桌面上，這杯是仁點的第二杯咖啡，今次是意大利杏仁酒加上鮮奶咖啡。良記得仁打過來的時候，也有提過這家店是專賣酒精咖啡。良之前沒聽過這個詞語，現在一看就覺得這個組合頗新鮮。雖然他也是沒有嘗試的勇氣。酒精混著咖啡因，聽起來不像是一個健康有益的配搭。

「對。」

呷了口咖啡的仁放下杯子之後，摸摸頸，「他啊，很喜歡角色扮演。」

「角色扮演？」良第一時間，只是想起一個男人穿著水手服絲襪，在玩著Cosplay遊戲。當然，那個男人是掛著和自己近乎一模一樣的臉孔。當然角色扮演有很多不同的種類，但是那麼衝擊性的想像畫面，還是在良的腦海中揮之不去。

「應該說，他很喜歡扮演自己筆下的角色。」彷彿是看穿了良正在想像到什麼不得了的事情，仁立即補充，「他有一個習慣，為了讓自己筆下的角色更生動、更真實，他會嘗試代入裡面的角色，尤其是殺人犯。因為要描寫殺人犯，可需要很大的想像力，因為即使他是寫犯罪小說的作家，也有比一般人高的想像力，但是他畢竟也是正常人——

嗯，雖然在我看來腦子也不太正常——他唯有模仿那個角色的想法，才能夠寫得出讓人投入的小說。」

「他一直也是這樣？」

「他是不是一出道就是這個樣子，我就不太清楚，畢竟和他簽約也是兩年多前的事。當時的他已經有自言自語，甚至代入角色去說話的情況。但是，這種看似精神失常的行為，他也是僅限於寫作期間。寫作以外的時間，他也算是相當的正常，而且健談活躍。他對咖啡和爵士樂的認識也不少，這家咖啡店也是他介紹的，所以我們也有過不錯的時光。」

「不過確實，這種情況在這幾年愈來愈嚴重，大抵和近年幾本作品的成功而造成的壓力有關了吧。他在行內的知名度愈來愈大，對自己作品的也要求愈來愈高。先不說詭計的設置，他一向也不是走純本格路線，反倒有點向著心證推理小說方面進發。反正比起詭計的敘述，心理的描寫更是他關注的部分，尤其他為了令這種寫法更純熟簡潔，他花了很長時間熟讀佛洛依德、榮格、拉岡或者齊澤克關於精神分析的論述，還將海明威的作品背得爛熟，希望把他巧妙地描述人心和事件的冰山寫法變成自己的物件，從而改進自己的寫作技巧。但是，他認為單靠一堆資料性的理論和研究，並不可能讓他的小說領域達至最高峰。普通的自言自語已經沒法滿足到他追求真實的渴望，那些僅僅只是腦補的小劇場而已。因此他決定將自身的生活代入角色之中，成為角色的一部分，讓他了解角色的心理轉變，加上自己所研讀的各種理論，將之變成自己筆下的人物，從而令故事的色彩更加豐富。話說回來，你有聽過史坦尼斯拉夫斯基的《演員的自我修養》嗎？」

一直滔滔不絕的仁，突然把話鋒轉到史坦尼斯拉夫斯基，良有種錯覺，他彷彿聽到仁慵懶的聲調，被換成鍾景輝的沉厚腔調，然後又變成了周星馳一本認真的解說。

「裡面提過一種相當著名的技巧，叫『方法演技』，我知道你忍笑忍得有點辛苦，不過還是要聽我說下去。所謂『方法演技』，也即是先透過劇本模仿行為，接而代入角色的想像之中，思考角色行為的動機，將劇本中發生的事情變成演員「自己的選擇」，而不是單單跟從劇本，從而回歸角色的本質，最後自然而然地變成那個角色，也即是我們整天聽到的「由外到內，再到回外在」。最頂級的演員也是這樣做的。先不說什麼《玻璃面具》之類的虛構漫畫，你有聽過Heath Ledger（希夫・烈達）吧，Christopher Nolan（基斯杜化・路蘭）《黑暗騎士》裡演小丑的那個傳奇級演員，他就是用了方法演技，才得以在觀眾前化身成活生生的小丑。

「優認為這種方法演技可以幫助他的寫作，他甚至上了一系列相關的專業演藝課程，就是為了透過行內人士的訓練，讓自己可以更精準地投入小說裡的角色之中。加上了他本身擁有剛剛提過的精神分析理論，把角色的潛意識完美的剖析出來，再用沉實內斂的冰山理論寫作，把多餘的說教和情緒收藏。結果他的作品也因此變得暢銷起來，甚至三個月之前，我們公司的版權代理人收到法國出版社主動要求翻譯作品。大概是之前編輯座談會的時候，故事情節吸引了他們。」

良靜靜地聽著仁所說的一切。比起他知道優有這種怪癖，我更加訝於他居然是一個小說作家，而且在行內略有名氣，良卻對這件事毫不知情。在仁口中的優，彷彿是良從不認識的兄弟一樣。不，即使仁不說起優的想法和目標，其實良也不太清楚優本身是一個怎樣的人。從中學開始，他就漸漸和優疏遠。更不說大學之後，兩人就進了不同的大學，在不同的宿舍裡過著不同的生活，就只有大時大節才會碰面，即使碰面也不多說兩三句話。

而且良發現仁，雖然他看起來人有點散漫輕浮，和編輯這種聽起來又嚴謹又細心的工種比起來，可謂風馬牛不相及。不過，當他提到小說作品之類，他的態度開始急劇轉變，而且仁對於當中的知識和想法，良單是聽也還是遠遠追不上。他也不得不相信，眼前穿著日式輕便和服的男人，確實是一個小說編輯。

同時，他實在沒法想像自己的弟弟，一直在這個領域上發展，而且具有相當的成就。

良嘆了口氣，緩緩問道：

「那麼，他買了一大堆法律書籍，做剪報，甚至寫殺人自白日記，都就是為了代入犯罪者心理的其中一種手段？」

「如果他單是寫寫日記就滿足，我就真是求神拜佛了。他當然不滿足於此了。他還會穿角色平日會穿的服裝，吃那個階層的食物，試著過他們的生活；我的意思是，如果他能力做到，搞不好他連師爺的資格也跑去考。」

「不會吧？」

良也開始懷疑，搞不好優真的有能力，把專業牌照考回來。

「他早就有前科了。他為了寫一個把屍體埋在地盤裡的殺人犯，研究當中的可行性，他特意花幾萬元去工聯會讀課程，就是為了考輪胎式挖土機和推土機的資格。」

「那麼，他人不見了，現在就是去考牌照？」

「照我看應該不是吧。」仁搖搖頭，「聽你約略說出來的日記內容，他算是把大綱寫了出來。也就是說，他已經完成了小說最重要的部分。」

「那他去了哪裡？」

「不知道，知道的話我不會打電話去他家，你也不會被房東叫去。最糟糕的是，我是剛剛才第一次從你的嘴巴中得知他的寫作計劃和大綱。」

「是嗎？」

看到仁有點氣憤的模樣，良也覺得自己不太好意思說太多的說話。

「我想他應該和平時一樣，去了旅行散心。要知道，方法演技雖然很好用，但是也是相當費盡心力和時間的工具。為了抽離角色，他也會選擇去外地玩玩，釋放一下自己，要不然很容易走不出角色，最後真的會變成一個殺人犯。當然，也當作是放鬆一下，獎勵自己的一個方式。他每次寫完一部長篇，也會選擇用這種方式作犒勞。」

仁的心情應該平靜下來了。他把咖啡一飲而盡，然後呼了口氣，把手重新抱在胸前。良不再把目光望向他，轉而注視左手邊的窗口。泊在路邊的Honda civic，噴上了亮眼的寶藍色，折射著斜陽。他在想，謎團基本上已經被解開，他也沒有任何疑問。雖然他最後還沒有見到優，也不知道優去了哪裡，但是他至少是有目的地，甚至從仁口中，得知他的近況。看到親弟弟找到追求的目標，良放下心來，而一直因為沒有盡好兄長的責任而產生的心虛，也被他的話驅散了。

「不過，還有一個問題。」

「問題？」

良把剛剛想提起的屁股貼回椅子上。仁把右手放在嘴唇上。良想，這大概是仁思考的習慣。良提起日記的內容，又或者仁自己說方法演技的時候，也有這個小動作。

「雖然他不是一個會交代的人，做事也很隨心和衝動，不過他對這份工作還是很盡負用心。去外地旅行散心這種事，基本上也是作品完成之後才去做，最差的情況也是先交了初稿，但至少也叫已經完成。但是今次，他沒有通知任何人，沒有說過看去哪裡，只是收起一份筆記就離開……」

說不定他已經完成了吧。良差點把這句話衝口而出。要是真的這樣，身為編輯的仁早就收到稿件。如果良真的說出口，搞不好又會刺激到仁的神經。

「這一切也要留到優回來才能夠一清二楚。」

良也只好認同這句說話。當然，他也想到另外一個可能性。但是他實在不敢說出口。跟剛才不同，這句話並不是會勾到仁作為編輯的痛處，但良相信他也不會樂見。而且，他害怕如果把那個推測說出口，會剎那間變成真實。但是良的理性，卻像是海浪一樣，不斷推擠著他的神經。

良認為優搞不好在旅行期間遇上了意外。

這樣一來，事件也變得合理了。為什麼他會欠交三個月房租，為什麼他沒有把日記或者初稿交給仁，連寫作計劃也不向他提及，最大的原因是優還打算回來香港，而且本來預計旅行也只是三個月內的事。但是天有不測風雲，他遇上了意外，沒辦法回來，甚至連口訊也沒辦法傳遞給編輯，結果變成像是失蹤或者離家出走。

腦海中浮現優死去的念頭，良有一下子覺得難受。但是很快，他彷如接受現實一樣，沒再去思考這件事，連悲痛也慢慢退去。既然是親兄弟，良和優也太久沒見對方，而且兩人之間的所謂牽絆，其實也沒有像其他兄弟般深厚，他們甚至沒有打算了解對方的想法和生活，幾年來也像毫無交接的陌路人一樣無視對方，過著自己的生活。

良努力壓著這種冷漠的想法。很快他就轉念。對於優的死毫無實感，大概是因為良壓根就不相信優會死去。或者身為兄弟，還是有著一條看不見的線，假如他真的遇上了意外，良不可能感覺不到。

他努力相信著。

「或者還有一個可能性，如果是這樣的話，他的一切行為也還可以說得通。」

仁突然又道。良聽到後一陣心顫。他想到仁可能想說出自己想到的那個猜測。良甚至考慮是不是應該用感覺作為反駁仁的理由，畢竟也是太難為情。但是，仁開口，卻提出一個良完全沒有想過的另一可能。

3

「我還是沒辦法相信。」

「我明白的。」對於花的迷惑，良表示理解，「訊息量太大了。」他看到花正漫無目的地盯著手中的酒杯。就在不到五分鐘之前，良為一頭霧水的花倒了一杯威士忌。當然他也有為自己倒一杯，但也只是把杯放在桌子上。酒對他而言太苦了，但是在花面前加冰塊可樂又好像有點遜。花又開口：

「但是也太令人難以置信了吧？哪會有作家為了寫好作品，所以買了整個書櫃的藏書、假裝自己在律師樓上班、寫殺人日記、做一尊石膏磚放在膠箱裡面、還要欺騙自己的女朋友？」

眼前不就是有一個嗎？良在一刻突然想到，花不願意接受這件事的理由，並不是單純因為不相信這個世界上，有存在著這種奇人異士。

「……如果這樣的話，我寧願相信他是殺了人。」

「妳很想優是殺人犯嗎？」

良回道。他知道花是在說氣話，但是這樣說也未免有點過火。似乎她也突然想起和自己對話的人的身分，也明白到自己的話有多不適合：

「……抱歉。」

「我沒有生氣。我本來也不相信，要不是優的編輯，或者我一輩子也不知道他會做出那麼不合乎常理的行為。」

「不，我剛剛的意思是，如果優是殺人犯，他做這一連串事情的合理性也會更容易令人接受。」

「但是如果他真的殺了人，為什麼他要特意把自己的罪證寫下來，放在書櫃上面？」

「因為罪惡感？或者他已經失去了常性？」

「如果他是因為殺人而內疚的話，為什麼他要逃走？他可以自首，也可以把日記燒毀，然後找方法處理了衣櫃，而不是傻傻的把罪證留下來，還要讓自己女朋友留在這裡打掃。根本整件事情也不合理，因為一切也只是為了寫小說。」

「但是你看到日記到了後來的文理已經完全不通，很明顯他已經崩潰了，只是想放下所有東西逃去沒人可以抓到他的地方。」

「文理不通，說不定只是表現手法而已。而且，還有一個可能性。」

可能性？」

「就是他還沒有把小說寫完。」良說，「應該說，他要演的故事還沒演完，這樣一來，所有東西也說通了，搞不好現在這一刻也還是故事的一部分。」

這樣一來，為什麼他會被優指定為緊急聯絡人的原因也解開了。他也被定性為他參與小說預演的一部分，也就是說，良也是優筆下的一個角色。

良不禁心中有氣。他總算再一次明白花為什麼會寧願相信優是殺人凶手。

兩人沉默了一會。花無聲的喝著威士忌。「優是作家這件事，你早就知道？」良望向花，只見她杯中的酒已經沒了。

「我也是沒多久才知道。」

「至少比我早啊，那麼為什麼你不一早就告訴我？」

良聽出她的語氣變重，明顯有點氣憤。

「我以為優會跟妳講，我沒想過他會過分到為了令故事的反應更加真實，連無辜的妳也欺騙掉。」

「你、你可以問啊。」

怎樣去問一件本來就不知道的事情？良對於花無理取鬧沒什麼感覺，她單純只是有怨無路訴，於是找了良來做出氣筒。

「而且，你發現我對優的事一無所知之後，為什麼不先解釋給我聽，而是詐作不知隱瞞下去？讓我幾晚也聽到床尾突然傳來奇怪的聲音，還有我打開衣櫃，看到那個怪裡怪氣的石膏磚，結果弄得我整晚也睡不著，跑去麥當勞聽著難聽又洗腦的背景音樂。這個也罷了，然後你還故弄玄虛的讓我看那傢伙那本似是而非的殺人日記。你知不知道我差點被你嚇死？」

「對不起，因為如果就這樣說比較難令妳相信。」良辯解道，「況且，我真的不擅長解釋。」

「你現在不就是在解釋嗎？」花重重呼了口氣，「壞人。」她輕輕咒罵著。

「抱歉。」良已經忘了他道歉了多少次，「妳想吃什麼？我補償給妳。」

「……」

「什麼也可以。」不過最好不要太貴。良想補充，但是想到或者會讓花更加不高興，他就把後面的話吞了。

「你以為我喜歡吃東西，就會這麼輕易的被你用食物收買嗎？」

不是這樣嗎？良當然也把這句話吞了。他開始覺得有點飽。只是聽到前面一陣傳來騷動，花站了起來。

「去拿袋。」

「嗯？」

「我說我們要走了，」花轉頭望向良，眉頭緊皺，「你不是說要請我吃飯嗎？快點拿起背包。」接著她就自顧自的走到門前。在花經過自己的一剎那，良瞥見噘著嘴的她，嘴角稍稍的掀起。

4

良後悔自己少看了這間餐廳。當他打開菜單，看到裡面肉品的價錢，他突然想到如果留著收據的話，會不會有機會向優報銷。

明明只是連鎖餐廳，也在囂張什麼？一直死盯著菜單的良，眼前的畫面一瞬間被轉開，變成了一個還沒有冒煙的燒烤鐵板。花把良手中的菜單搶去了。

「讓我點菜就可以了。」

花一臉笑意的看向良。大概氣還沒消呢，良望向花認真點菜的模樣，總算記得自己身為負責今天開銷的銀包，已經是默認要被剝削的一分子；失去了點餐選擇權，對花來說也不過是錦上添花而已。要怪也只能怪自己把優是作家這件事隱瞞。

要是問隱瞞的原因，也不是說不出來。其中之一就是良覺得這件事還是由優親自開口會比較好。而且，優不是殺人犯這件事，讓良覺得坦然了。反正即使被花誤會了自己，只要解釋一下就可以，因此認定了沒有立刻向她公開的必要。不過，他也知道這些也不過是一小部分的理由。他把優寫的殺人日記拿給花閱讀，而不是預先解釋，是因為好奇想知道花被嚇壞的神情，究竟是怎樣？

良當然不會把這種想法說出來，這可不是一兩餐飯可以解決的事。但是如果問到為什麼要會想做這種事，良實在一言難盡，或者壓根不想去打開近在眼前的盒子。這一刻的良在想，自己和優，其實也是同一類的人了吧？

然後良看到花把牛肋肉放在剛剛燒開的板上，就二話不說將她手上的鐵鉗搶走。

「讓我來燒就可以了。」

花稍稍抱怨道。

「不，怎樣說讓妳嚇得花容失色，也是因為我不盡不實的緣故，那麼燒肉這種粗重功夫，還是讓我來做就比較好。」

「怎樣好意思呢，已經要你請客，別客氣吧。」

良抱著最後的一絲幻想還是破滅了。原來請客的事是真的。而且，他並不是在客氣。良不管作勢要奪回鐵鉗的花，為在鐵板上嘶沙作聲的肋肉翻面，另一隻手把剛剛上來的胸腹肉拼盤靠近自己。

他還想吃那些肉，畢竟給了錢。

良把脂肪早就被燒成半金黃的豬頸肉給了一臉氣呼呼、嘴裡咬著厚牛舌的花跟前的碗。

「那麼，妳還會不會回優家？」

發出另一次噗滋聲響的鐵板，油脂的香氣附著冒升的煙，在兩人之間遊走著。良看著把啤酒送往嘴裡的花。

「不，」漫無目的地看向其他地方的她，順著喉嚨把啤酒吞下，「我已經不想再等他。」

「為什麼？」良明知故問，花也在他預期中一樣白了他一眼。

「他騙我啊！先不說他搞了那麼多麻煩事，讓我們誤會他是殺人犯，嚇得我們半死。他從一開始就沒有打算對我們坦白，把我們當成他寫作用玩偶，還有。」

花沒有把話接下去，只是盯著良。她的眼眶變紅，良肯定這和燒肉所散播出去澀眼的煙一點關係也沒有。他也沒說什麼，把一早在背包中掏出紙巾遞過去。

「或者我應該要想分手的事。」

「他的確是很過分。」把燒好的牛肋放在各自的碗裡，「在各個方面。」他沒再把新的生肉放在板上，也沒有吃一早就冷掉牛舌，只是不著痕跡地關了燒肉的爐，然後注視著花。

「他一直以來也是這麼差勁？」

「我忘了。」

「說說關於警察的事。」

「我以為妳對我的職業沒有興趣。」

「的確沒有。」花搖搖頭，「我是問關於優想做警察的事。」

良當然早猜到她會問到這件事。

「是很久之前，而且我不想提。」

「他為了你而留案底，我想知道整件事的經過。」

「就現在？我可沒有那麼醉。」

「不緊要，今晚還可長喔。」

像長期被關在森林的動物學家似的，在幾次相處中的觀察裡，良漸漸開始看得懂花掛在臉上不同微笑所表達的意思。而她這句話背後的意味與其是挑逗，還不如說是挑釁。良把生啤酒一口氣倒進有點乾的嘴巴和喉嚨裡。

「妳真的不去優家住多一會？」良吞了最後一口的啤酒，「畢竟我可是多給一個月的租金。」他把杯子擱在木桌上。

「嗄？你開玩笑？在他和其他女人睡過的床上打呼嚕？」她的手筆直的舉起，視線卻沒有離開良的臉，「而且，你忘了嗎？每一晚優家也會失驚無神發出奇怪的響聲，我到現在也不知道為什麼會這樣？那個地方根本就不適合人住。」

「啊，關於那個聲音。」良頓時閉上了嘴，待到花追點兩杯啤酒、侍應轉身離開之後，他才再開口，「我想很快就會解決了。」

「怎樣解決？找道士來驅鬼？」

「花，在那裡從來都沒有鬼，沒有惡靈，也沒有人死在這間屋裡面。」良試著耐下性子，「至少在妳看到日記，應該說看到石膏磚之前，妳一直以為這些聲音是從哪裡出來？」

「不知道，是鄰居的問題了吧？」

「妳抓到重點了。」良點點頭，「所以你知道是什麼一回事。」

「什麼？」

「好的，又要解釋。」良暗暗嘆了口氣，他真的很不喜歡解釋事情，「妳試過在半夜的時候，聽到樓上有波子聲嗎？」

「波子聲？」

「什麼……妳一直以來也沒住過在大廈裡面嗎？」

「有啊，你當我是傻瓜嗎？」花也開始有點不耐煩，「在優家中。」

良突然在一剎那看到兩人之間有著他一直以來也沒法言清的差距。

「妳從小到大也是住在村屋裡？」

「獨棟屋。」花更正，「什麼？你想說我是不懂常識的富家女嗎？」露骨的不悅在花的眉頭上爬行著。

「好吧，是我錯，我以為妳知道。我是說，」良注意到花的不愉快在臉上顯露得更深，於是他連忙改口，「有時候即使是一般人也不知道。」

「你的意思即是我不是一般人？」

「好了我道歉我似乎有點醉了。」所以就說討厭解釋。良發覺自從發生了優事件之後，他已經瞬間用光了幾年分的道歉限額。

「所以我可以問關於留案底的事？」

「不，還沒有那麼醉。」良擺擺手，「至少在說完那個巨響之前。」

「那是什麼回事？」

「水錘作用。」

「說中文可以嗎？」

「長話短說。妳聽到的聲音並不是什麼靈異現象，只是因為大廈有人在深夜開關水喉，使到水管內的水壓突變，令喉管震動，而聲音傳到牆身的時候，便會發出平日聽不見的聲音，也就是我剛剛說的波子聲。事實上平日白天的時候也有這種現象，只是因為早上的聲浪比較嘈雜，把這些微小的聲響也蓋過去。」

「但是也沒有理由這麼大聲吧？」

「那是因為優住的是戰後樓，樓齡搞不好比你母親的年紀還要大，有些喉管可能從來也沒有換過，加上這棟唐樓大部分單位也劃成了套房或者劏房分租出去，多了住戶半夜去洗手間的機會，所以才會這麼容易產生水錘作用。

「雖然我沒有聽過妳和優所說的聲音，但是似乎和平常會聽到的波子聲相距甚遠。不過也不是那麼困難去解釋，因為畢竟是分出來的房間，而且還是舊樓，牆身相當薄，所以聲音才會這麼明顯。而且妳所以會認為這些聲音大，也是因為妳之前沒有聽過類似的聲音，又一個人在空房裡面，因此才會覺得嚇人，說穿了單純也只是心理作用而已。」

「但是之前去優家住的時候，也沒有聽見這些聲音。」

「在妳在電話向我訴苦之後，勾起了我的好奇。因為妳聽到的情況，和優在日記上所描述的情況幾乎是吻合，但是當時的妳還沒有看過日記，怎會那麼巧合？唯一的可能，就是優基於在家中聽到的聲音作為創作的根基。之前房東也提及過，隔壁的戶主剛好也把自己的單位劃成劏房，多了住客共用廁所。那麼一來，妳已經了解了狀況吧。」

「你說已經解決的意思，原來只是解開聲音的來源。」

「怎樣說也不可能把人家趕出門口了吧，畢竟他們也不是因為想住劏房才過來租屋。當然解決方法也還是有的。」

「是怎樣？」

「習慣就好了。」

「你的資訊很有用。」花魆起毫無笑意的眼睛笑著說，「雖然我也不打算回去睡就是了。畢竟想到床尾的櫃子裡有一個石膏磚，我就睡不著。」

「妳還記得石膏磚裡面沒有屍體對吧？」

「但是也會不舒服啊。」她把身體倚在人造皮沙發上，「咿呀」的悲鳴從沙發中的空隙間洩出，「你打算怎樣處理？那個石膏磚。」

「雖然一直放在裡面令人很在意，而且即使優再不負責任，怎樣說也是他的東西，不管怎樣我也沒有資格去碰它。」

「你也說得沒錯。」花用力嘆氣，就像是故意給良看一樣，「老實說，經過今天之後，我越來越不喜歡優，你比他還靠譜。話說回來你飲清酒嗎？」良還沒回答，花又把一隻手高高舉起。

「我想我沒拒絕的權利。」

「說得沒錯，你明天不用上班吧？」

「妳還會關心我的工作，證明妳的良心還在。」

「如果你明天不想帶著宿醉上班，就快點把你和優之間的事情說出來。」

「幹嘛還糾結在這件事上面？」良忍著皺起眉的衝動，「妳不是決定要和優分手嗎？妳還那麼關心他的過去是要怎樣？」

「那麼就不過問他的事，」花說，「就當成是我想多知道一點關於你的事。畢竟是朋友。」

「朋友？誰跟誰？」

「你，」良看到花的食指指向他的胸口，「和我。」然後又用拇指導向自己的胸前，

「朋友。」接著她把同時舉起了拇指的雙拳拼在一起。這時花點的清酒剛好也到了。她把溫在盤裡的清酒瓶拿出來，透明的酒液倒在良的小酒杯中。

「是從什麼時候開始？」

「怎樣說你也從日記裡面，知道了很多我和優之間的私事。」花把杯放到嘴邊呷了口，然後嘶嘶嘴，「這樣太不公平，好歹你也分享下嘛。」

花若無其事般提起日記，卻讓良感到尷尬起來。這樣就變相花承認了日記所記載的一切，某程度上在現實發生過，包括優逼迫花配合自己玩性虐遊戲這種令人難以啟齒的情事。這樣一來，良也開始覺得自己是間接欠了花。如果只是關於優的部分也還好，然而看了日記，也就是毫無代價窺探了一個女孩最私密、最羞恥不堪的過去，簡直就像是赤裸裸的站在良面前一樣。

「好吧。」良覺得自己只好認命，作為紳士也只能夠退一步，「但是我不知道從哪裡開始才好。優跟妳說到什麼地步？」

「如果關於他留案底的事，我倒是沒聽過。」花又再為自己空出來的杯倒酒，「畢竟他一直也想瞞著我，讓我以為他是師爺。但是師爺應該不可能有案底吧。」

「我也是這樣想，所以當我看到日記之後，我就覺得有著很重的違和感。他在日記聲稱自己是師爺，而且家中也放滿法律書籍。但是他寫的筆記和剪報完全不成篇章，甚至有種裝模作樣的感覺，我也沒辦法在他家中找到任何有關法律資格的證書。如果他真的對於自己的工作這麼重視和自豪，照道理他即使不把證書錶在牆上，至少也會把它好好收藏。因此當我從編輯口中得知他是作家之後，比起為他的殺人嫌疑被解脫而放心，倒不如說心中的謎團被解開而如釋重負。」

「就好像終於抓到背脊一直癢著的疤一樣。」

「妳的比喻有夠嘔心。」然而被她這樣一說，背上真的有一點癢癢的。良忍著用抓背的衝動，不甘不願的續說：「但是確實很恰當。而且那一刻我不禁在思疑，為什麼他會選師爺這個職業。」

「可能是因為方便了吧？」花提出自己的想法，「但是你之前也說過，優曾經想做警察，會不會是他本身就是一個富有正義感的人……嗎？」

「之前他的編輯曾經說過，他為了想知道工人的日常，特意去考相關的專業資格。我猜優也不是因為想建設香港而去扮演駕泥頭車的工人吧。而且，我也曾經問過他關於考取警察的原因。」

「那麼他的原因是？」

「單純是人工高而已。」良把杯中的酒一口吞掉，比預想中溫潤平清的酒精順著舌頭滑入喉嚨，「起薪點22,000元，對於成績不太理想的他而言，是相當吸引的工資。」

「他沒上大學？」

「他有啊。旅遊。」

「相當保險的科目呢。」花點點頭。

「因此比起責任或者正義感，他單純只是想要一份薪高糧準的穩定工作。」

「那你呢？」

「我啊，」良嘆了口氣，把一直不情願說的話出口，「原本是讀法律系。」

「喔。」

花輕呼出來，臉色一下子寬容起來。良分不出她是為著自己主修的科目而讚嘆，抑或是因為對背後的意思恍然大悟。良希望她是後者。

「那麼一來你總算明白了吧。」

「不明白。」花搖搖頭，「你的解釋讓我更迷惘。為什麼明明是讀法律系，結果就跑去做警察，明明法律系的出路比較好。」

「為什麼現在的重點放了在我身上？不是一直也在討論優的事嗎？」

「但是你的經歷更加奇怪啊，我從沒想到你會讀這麼厲害的科目。而且，你說『原本』的意思是……」

「後來我轉了科，去了讀雙語。第三年的時候。」

「為什麼？」

「原因有很多。我的能力，根本就讀不了法律系。雖然英語還是在一般水平之上，但是還沒有好到可以對條款咬文嚼字的地步，而且讀法律必須對不同的案例和附帶條文倒背如流，我很快就發現自己的能力及不上標準。在中學的時候我的成績很出色，但到了大學才明白比自己厲害的人才比比皆是，而且還是怎樣努力也好，都不可能追上去的地步。意識到這個事實的我，受到相當大的打擊。結果第三個學期就患上了抑鬱。

「抑鬱的症狀每個人也不同，為了緩解情緒，有人會暴食，用飽肚感和味覺來滿足生理；有人會自殘，用劇烈的疼痛來提醒自己還存活在世上；也有人會傷人，單純只是透過拳頭，希望讓其他人分享他的痛苦。而當時的我，就選擇了偷竊。

「我初初還偷得頗理性，只會去偷一些不太值錢的日常品，那麼即使被抓到，我只要賠錢就可以了事。家中也沒有窮到負擔不起日常生活的地步，或者相反而言可以稱得上是小康。也因為這麼，我才沒有窮人特有風骨，反倒像是無後顧之憂一樣盡情偷竊。而身為法律系的學生犯法，那種明知故犯的背德感，還有稍一不慎就會前途盡毀的緊張感，讓我有一種在獨木橋上行走的快感。在不斷偷東西的過程中，我的演技和技術也變得更好，膽子也像是貪婪的野獸一樣愈養愈大，我開始挑一些貴價的精品店去下手。他們的保安的確做得比其他店的嚴密，但是那時的我，已經沒有人可以阻止。店員和防盜系統，在我看來簡直是如同虛設。我甚至為著自己擁有偷竊的才能而感到驕傲，至少比起讀上法律系這件事更能夠定義我自己。現在回想起來，擁有這種想法的我，單純也只是用天真的方式去逃避自己不才的事實。

「結果在考中期試的第二天，我在家中附近的便利店被抓到了。我當時非常震驚。那並不是因為自己自豪的偷竊技巧被破解感到不服氣，也不是東窗事發而驚惶失措；而是我在那一刻根本就沒想到要偷東西，直到店員在我的衛衣衣袋裡摸出一條能量棒之前，我才知道我的偷竊癖，已經到了自己無法控制的地步——我在自己不知情的情況下順手牽羊，而也就是因為自己完全沒打算偷東西，所以技巧和環境也沒有看清楚，就把能量棒放在衣袋裡。這也是為什麼我會被店員抓到的原因。

「他們報了警，也要了我的身分。但是不知道是不是上天保佑的原故，我沒有帶身分證。於是我做了一個影響自己一生的決定。」

「你供出了優的名字。」

「我很差勁，對吧？」

「嗯，真的很差勁。」花看來也沒有打算欺騙良，這一刻良確信花是一個很好的懺悔對象，「各方面也是。差勁的學生、差勁的哥哥，還有很差勁的謊話。」

「我當時也是這樣想。當我說出口之後，才想到自己又多犯了一個可怕的罪行。我把自己的無能和罪惡推到無辜的弟弟身上，純粹是因為他有著一張和我一樣的臉，那是一個很方便的藉口。然而我卻沒有打算亡羊補牢。我即場傳了訊息給優，我和他說，自己因為偷竊而被抓，想請他幫忙保釋。然後，我還把自己供出他名字的事情說出來。

「我不知道自己為什麼要這樣做。大概在那一刻卑劣的我抱著希望，我想優幫我認罪。我一直求他，和他說我不想因為一條能量棒而斷送自己的前途。

「然後，他答應了。」

「直到最後，我都沒問他為什麼會答應幫我認罪。他幫我保釋之後，當真去剪了和我相同的髮型，然後上庭，判社會服務令。我想他以後也不可能再做警察。」

「之後我申請了轉科。我當時說服自己的理由是，香港的訴訟需求不多，老實說如果沒有人脈，根本賺不到幾個錢。但是我心裡明白，是自己本來就是沒能力讀下去，要不是怎會患上了抑鬱、勾出個偷竊癖來？而且還弟弟背負自己罪名的我，根本就沒資格再讀法律。」

「然後也是從那一天開始，我和優就再沒有對話了。」

「那麼，你有沒有跟他道歉？」花問。

「保釋的時候當然有，但是從那時開始關係也已經看到裂痕了。直到我決定轉科，我們也沒再主動交談。大概對他而言，我是剽竊了他的理想。也背叛了他的好意。他會為了我承認沒做過的罪責，純粹是因為不想我的前途就這樣毀掉，但是到最後我卻把那個理由拋棄了，還要選了他一直以來也想做的工作。所以他才會選了和法律有關的師爺做他的扮演對象，或許就是對我的一個抗議。而且怎樣說也好，律師和警察，其實大部分時間也像是站在兩個對立面上對抗拉扯的工作。或者他的潛意識，早已經植入了對我的強烈抵抗，才會選這個工種。」

在良為自己的酒杯倒酒，到他把酒乾掉的時間，花也沒有為優為自己頂罪這件事件作任何的評論。良很欣賞她適時的沉默，但是矛盾地也為她這種溫柔感到不耐煩，良很在意花對他的看法，他很想知道。在這一刻，在這裡，就在自己的面前。

「妳罵我。」

「為什麼？」

花的情緒似乎並沒有被良牽動起激烈的波動，至少比起良想像中冷靜，畢竟是很奇怪的要求。

「因為我，優才會變得這麼扭曲。」良解釋道，「他會傷害妳，也是因為我令他前途盡失。甚至為了寫小說，就刻意代入各種工作。那是因為他到現在也還沒有找到屬於自己的職業和人生，才會用這麼極端的方式去體驗。」

「你真的是這樣想？」

良抬起頭，和花對望。

「你的確是錯得很離譜，而且還害優做不了警察。但是說實話，他也可以選擇不這樣做。優會用這種方式體驗各種人生，純粹是他自己的興趣。他……他要怎樣對我，也是他人品和性格的問題。我不會說你沒有改變他的人生計劃，但是你也沒需要把所有的事情也當成是自己的責任。」

「那麼我……」

「乾掉它。」

「啊？」

「你乾了它的話，我就原諒你。」花把酒瓶從溫酒器中撿起，放在良的眼前，「如果你真的覺得對優不好意思的話，那麼就在他回來之後，好好跟他道歉吧。」

5

良也很久沒試過結四位數的賬。但是他覺得，這是他人生中最值得付的一餐。

「接下來去哪裡？」

「去喝酒。」

步出商場的兩人，一瞬就被熱浪包圍著，幾秒間身上的冷氣，全都被八月的夜晚吃掉。街上的行人，他們剛進餐廳之前來得要多。

「好吧，祝妳找到新男友。」

良發現自己摺到手臂的衣袖被拉扯著，他轉身看向花，「幹嘛？」

「喝酒。」花的眼睛有點撐不開的樣子，手比著酒倒入嘴中的動作，「你和我。」

「花，我剛剛才給了我人生最貴的一餐。」沒打算續攤的良並沒有立刻拉開襯衫上的手，反倒還想抓著腳晃了一下的花，「我還喝了半瓶清酒，妳也醉得七七八八。而且我銀包已經給不起錢了。」

「你是警察，You are well pay for it（你可是薪酬豐厚喔）。」花開始語無論次起來，指著他，「而且，我也沒有要你請。」

「好吧，妳想我繼續說關於優的事。」良抓抓後腦，「即使妳想和他分手。」

「想和他分手跟想知道他本身是不是混蛋，兩件事並沒有抵觸。」花笑了笑，忽然又板起臉來，「而且我不像他，我不會利用人，也不會強迫人。」

「所以就只去喝酒？」

「只去喝酒。」花用力的點頭，幾撮髮絲散亂的掉在臉旁，「如果你願意的話。」

「好吧，」良發覺自己薄弱的口才，實在沒辦法把她拗過去。他唯有認輸，「我去吧。那麼要去哪裡？」他看著隨意撥弄著亂髮的花，剎那間某種疑惑從胸中擴散著。然而花似乎沒有留意良心裡所牽起的波瀾：

「你等等就會知道。」

說罷她說搖搖晃晃的向前走，良這時感到自己也無意識的向前，他低頭才發現自己的手，正被花拉著。他從花的手指中感受到微溫，他不知道那是不是酒精所害，總覺得手中的質感和記憶中女生一向冰冰的觸感不同，反倒是有點灼熱。他們遠離一直在附近的香格里拉飯店，穿過梳士巴利道走到海旁，看著中環以至灣仔像層山一樣高聳入雲的大廈，對面窗口和霓虹透射著不同顏色的光，越過整個維多利亞港，映進他的眼內。他們走了好一會，然後在走過地盤後朝著半島酒店方向過馬路，沿著彌敦道走路，聽著雙層巴士在身邊駛過，爾後又跟著花轉入北京道。兩旁開著的連鎖服裝店、相機店和珠寶店，門前也是熙來攘往的行人，他們在馬路口一個右轉，然後在轉入漢口道中段的一個小巷。巷子被兩間掛起俗氣七彩霓虹燈招牌的藥房夾著，直走到街尾。良稍稍打量周圍，就看到幾間酒吧的招牌就在頭上。她不經思考就走到一間外表像是殘舊木屋般的一間酒吧前，良抬頭，黑木招牌上寫著「Ned Kelly's Last Stand」。

「我記得這間酒吧……」在優的日記裡面，被花牽著手的他不由自主地，立馬被拉到酒吧裡頭，從門外就聽到的爵士樂，這時變得響亮起來。大概是因為是平日的關係，裡面並沒有坐著很多人。她在狹小而昏間的酒吧中，挑了最清楚看到樂隊的位置坐下來。各自點了杯拉格生啤酒之後，良看到花目不轉睛的看向被射光燈照著的現場樂隊，他們正輕鬆地表現著良不怎樣聽過的爵士樂。這時的花，頭稍稍倚在木牆上，歌曲一轉的時候，她就會把嘴巴靠到良的耳邊，輕輕說出歌名。《It Don't Mean a Thing》、《Cheek To Cheek》……歌名的每一個字他也有聽得見，但是傳入耳內的，除了樂團女主唱沉厚的聲線之外，就是花略有酒氣的溫熱吐息。歌名什麼的，早就向著耳的另一方紛紛逃亡。酒來了，但是良還沒灌入嘴裡就開始有點微醺，眼前鼓手的動作也變得奇怪地變慢了。直到鍵琴手也離開了，他才驚覺表演完結了。別說優，兩人到最後連一句話也談上。他瞧瞧手上的錶，原來才過了半小時。這時花拉拉自己的手，「走啦。」扁扁嘴的她向後指了指，就轉身離去。他急忙從後褲袋拿出銀包，才發現花早在桌上放下了兩張鈔票。他跟在花後面，走在街上。他回過神來的時候，才發現花正目不轉睛的注視著自己，他口中卻含著一條香煙。他把煙包遞向花。

「我以為妳會抽？」

良看到花耍手搖頭，就問道。

「我不會啊。」

「是嗎？」良沒有再問下去，只是把打火機移近煙頭上。

「Panter？」

「嗄？」

良抬頭，一臉疑惑的和花對望了一會。

「不，沒什麼。」花再一次搖頭，「我把你認錯做優。」

良這次沒接話，只是把臉別去一邊，把煙吐出來。

「今晚是Louis Night呢。」

「嗯？」

「Louis啊。」她顯得有點驚訝，「Louis Armstrong（路易斯・岩士唐）。今天幾乎聽到的曲目也是他的。」

「對嗎？」吸入的煙經過肺部，在良開口的同時又逃出來，「我不太知道。畢竟我不是優。」

他不是故意的，但是鼻子吐煙的聲音比想像中大。兩人在香煙燃盡之後，兩人也沒有說話。酒吧又響起了小號和鼓聲，良瞧向便利店前，剛剛在那邊抽著煙的菲律賓琴鍵手早就不見了。

良不特別再提起優的事，但是他還是向花問道。

「我把優留案底的事說出來，妳還要什麼想知道？」

「很多。」花開口，聲音顯得有點沙啞，「例如他小時候是一個怎樣的人？」

「很普通的男孩。」他把煙蒂掉在地上，用力踩了踩。「喜歡打籃球，很懂得說話，也很會享受……」他轉頭再看一次被黃射燈照著的招牌，還有貼著啤酒優惠宣傳的木牆。

「你說的我也知道啊。」

「那就沒什麼可以談了。」

眼角看到聳下頭的花，暗自散發著寂寥。良霎時間後悔自己說了那句話來。他並不覺得自己跟花沒話題，只是直覺上面對花具有目的性的做法，在腦中彈出來的回應就，只有這一句。

「……抱歉。」

花細聲說。

「幹嘛要道歉？」

「我知道你和優也不喜歡被人認錯對方。」花之後也說了句話，但是因為聲線太細，良聽不見。不過他猜到大概是「優也一樣。」

「今天沒關係。」良走近花，故意放低語調，「妳失戀嘛。」

「你今天送我回去。」

「好啊，妳住哪裡？」他環視著四周，他看到遠處有一輛亮了紅牌的計程車。

「我想回優家。」

花囁嚅，良這次也不打算追問了。

「好啊。」

他拖著花的手，沒理會抬起頭的她射向自己的視線，走到紅色計程車的方向去。

6

「那麼我先走了。」

良走向椅子附近，打算拎起背包。從回到優家以後，房間一直也沒有開燈，但是眼睛適應了黑暗的他，還是看到屋內擺設和家具的輪廓。這時，良感受有人從後抱著自己的腰。

「別走。」

本來應該被安頓在床上的花，細小而柔軟的嗓音，在寧靜的夜裡很顯耳，「陪我。」簡潔的字眼連著鼻音，手中的力度卻沒絲毫減退的意思。

「別這麼，花。」良把手放在她的手背上，幾小時摸到的熱度還沒散去，「我不是優。」

「我知道啊。」

她靠得更近，他知道她的額頭，正輕輕靠在自己的背上。

「妳一天還沒有跟優攤牌，妳一天也還是……」

良不知道自己為什麼會突然住了口。理性這時正叫著他不要再去聽這個房間中所發出的任何聲音。呼吸、吐息、冷氣機的鳴叫、還有沉默。

「我都開口了……」

花的說話，還是精準地傳到良的腦室中。閉上耳朵是明智的。但是他還是沒有用雙手掩蓋雙耳，也沒有把一直環抱著自己的花推開。

「但是怎樣說妳也還是……」

「反正你本身也有偷竊癖。」

花用雙臂圍出來的腰帶勒得更緊，背部傳來灼熱的擠壓，「偷摸一下弟弟的女友，沒關係了吧？」他又聽到厚重的呼吸聲，良不知道那一口氣是屬於哪一個人，是獨奏抑或是合奏。

被說中痛處的良，這時候心頭一緊，刺痛從胸口和太陽穴兩邊各自擴散。他知道那並不是罪疚感，也不是憤恨或者生氣。他也知道不滿沒有浮現在花看不見的臉上。

「想不想再多看一次我的紋身？」

「紋身？」

「你忘記了嗎？」

他從沒有聽過那麼柔和的質問。

「不太記得，」他把花盤纏在他腰間的手拉開，「可以再給我看看一點嗎？」他轉身，想捧起花的臉，但是在他雙手舉起之前，良感受到花噴在自己嘴唇上的溫熱。花的舌尖撩開良從沒緊閉過的唇齒，湊上去的唇在碰到的瞬間，存活在她嘴中靈活的肌肉好奇地打探著，佔據了良口腔的空間。於是他也像是迎合一樣，舌尖和舌尖打著招呼，最後兩條緋紅色的小蛇，糾纏在一起。

良開始撫著一直也想去摸、花幼細輕巧的中長髮，比想像中還要順滑的髮絲在碰上去瞬間，就在指隙間溜過。他順勢摸去花的耳朵，放開了嘴巴的良看向花半閉而又焦點不明的眼睛，幾下呼吸間的對望，接著就向著她的側顏吻過去。就正如日記所說，在她的耳背，有一顆不近看幾乎看不到的小黑痣。他跟隨著如說明書的指示，輕咬著花的耳骨，還殘留著花唾液的舌尖尋找什麼似的，在耳朵的各處滑動。在這一刻的良決定不去想，優大概也很喜歡吸她的耳朵這件事，更不用說他很喜歡聽花的低吟，跟現在良所聽到、別無二致的低吟。

良開始脫去花的無袖上衣，丟到回來沒多久就掉在地上的針織外套。同上衣一樣是米白色的胸罩，還有不大的胸脯顯然在良的眼前。透過微弱的光，他看到花的胸前，也有著一顆和耳背很相似的黑痣。簡直就像是刻意為之，指示著良下一步的行動。於是他把臉埋上去，另一隻手把扣子脫掉。良上一次碰到女性的身體，已經是一年前的事，於是他花了幾次的嘗試，才把扣解除掉。

他另一隻手則在她的腰肢和臀上遊走。良發現花雖然很喜歡吃東西，身上卻是一點多餘的肉也沒有。她吃掉的營養也跑到哪裡去？他仔細的繼續尋找著，有目的性地。嬌弱的身軀，讓良身上各處的肌肉、皮膚和毛孔，都變得極侵略性，他愈見貪婪的手指，還有貼近在內褲中試圖一躍而出的那把衝動，各自在身上搜索著可以挑起自己甚至兩人刺激的可能性。腦中能夠盛載的能量還有理性張狂地溢出，像狂潮暴雨般流灑到身體各處，導傳著使人不由自主地震顫的麻。像是要奪回身體的操控權一樣，良用力抓著花，向前走了不到兩步，就把她推到沙發床上，雙手壓著她纖細的肩膀。

麻布床粗糙的質感，透過回彈撫掃著膝頭。良眼前突然重光了，腦中冒起了一直以來幻想，幻想花被優強壓在床上、不住抵抗的畫面。他倏然驚覺自己這個魯莽的行為，和優的身影重疊了，他變成了優，眼前的花就咬著唇膏脫落的唇，靜靜地別過臉嗓子絲細的飲泣著。

他臉上又發麻了，不過和一分鐘之前的酥麻截然不同。良偷偷窺視花臉上的表情，同樣是咬著嘴邊的她，卻沒有流淚，只是一抹殘光，在她睜成半月的眼睛中落寞地閃爍著。

她笑了。良確實看到，雖然她的嘴角並沒有異動，他同時感到頸後一陣溫暖，他認得那個溫度。不做些回應不行。就抱著這種回禮般的敬意，他再一次把嘴慢慢地，貼在花柔嫩的粉頸上，輕輕吸咬。

7

「如果這個時候優回來的話，應該要怎樣才好？」

被子下一陣異動，花移動著嬌小的身軀。一直背著自己的光滑觸感，一瞬間空出來，又再度拉近。良和花的距離又拉得更近了。

「就說認錯人吧。」

抬起臉的花見良不回應，於是又輕笑回道。她繞到良背後的手，不住地掃撫著。

「我想他不會喜歡妳這個玩笑。」

「我也不喜歡。」花冒著油光的臉頰再度靠上去，「我也不打算把你當成他。」良和花的嘴，差不多又碰上了。

「我不知道自己有這麼吸引。」他伸手摸摸花的臉，想抹走她塗在臉上的粉底，「而且我不是認識妳很久。」

「對你而言而已。」花收斂了笑意，眼睛直直注視著良，「但是在和你見面之前，我也有聽過關於你的事。」

卸卻了妝的花，臉上反倒顯得更紅。她筆直鼻樑上的光，讓良產生了想用鼻尖親上去的衝動。

「優會和我說你的事。」

花再一次說道。

「妳之前都有說過。」良覺得嘴裡有點乾，他吞吞口水，「他有說過我有偷竊癖這件事嗎？」

「沒有。一句也沒有。」花說，「我第一次知道這件事，是從你口中告訴我。」

「他怎樣說我？」

「我不認為這個是一個好主意。」

「果然他只是說我壞話。」

良胸中一沉，即使他心裡有數。

「並不是這樣。我的意思是，我不認為優會想你知道在他心目中的你，究竟是怎樣的模樣。」花急忙地為優辯護，「我不想你誤會他。」即使是安慰的說話，說穿了也是花為兩人解開心結，這時的良，卻忽然討厭起優來。

「我直到現在也還是把優的事當成我心中的禁忌。」良把心中的話攤出來說，「明明對不起他的人是我才對，反倒一但想起他的事，總是讓我覺得羞恥。」

「為什麼？」

「大概是讓我覺得自己沒資格稱為兄長。」良不敢和花對望，但是同時間，他也覺得這一刻的自己，已經沒有瞞著花任何心事的必要。「我不是一個值得他尊敬的對象。我出賣他的期望、前途，把他放置在一旁，無視他的一切。我連他的事，也已經不太記得清楚。我只能夠靠他虛構的那本日記，把他不真實的一面在我腦海中重新建構，變成類似是優的形狀。」

「所以你想多知道他的事。」

過了良久。

「對。」

良嘗試重新和花的目光對望，他知道她從一開始也沒打算把視線從他的臉上移開過。不知為何，他總是覺得花正在他的身體上，找出和優完全不符的部分。

「我想知道關於他的事。」

他把自己的想法，用完整句子吐出來。對於良掏心的話，花只是掀著讓他霎時心動了一下的微笑。

「那麼他回來之後，你把這句話原封不動的告訴他。」

良不知道應不應該再親一下眼前的女孩。疑問才剛從腦中閃過，抵在花後腦的手，就把她的額頭拉貼到鼻前。

8

「想不想現在就預先知道關於他的事情？」

「例如？」

良問道。

「他有沒有跟你提過那幅油畫？」

他跟隨花的視線看去。在電視機的上方，掛著一幅油畫。

「沒有。」

良搖搖頭。

「真是奇怪。」花底頭搓玩良的手掌「他很喜歡這幅畫。」

「很貴的嗎？」

「不，我也以為是。」她抬起頭，因為疲憊而半塌下的眼皮下，花黑色的瞳孔閃過一抹雀躍的光，「你猜是要多少錢。」似乎她對於猜謎這一類的玩意相當喜歡。

憑藉著凌晨的微光，良只能看到畫的一角。第一次進來的時候，良已經注意到這幅畫。但是那麼仔細欣賞，還是第一次。畫裡是良從沒有親眼看過的外國鄉村，但是僅僅是透過畫去觀察，卻異常地相當有感覺。一條小徑從畫的下方開始伸延，沿著一條大湖繞到右邊，到最後一個向左，就沒入在一棵大樹後方。而樹的旁邊，是一條小橋，連接一間看不見細節的房子，只有一、兩個深色的屋頂稍稍冒起。那間屋子，就是畫的最中心。定睛一看，在屋下的湖裡，還會看到幾隻白鵝，經過橋下，正向著畫的更深處划動著。

這個是在黑暗的房間中，我僅能夠看到的畫的部分。只能夠說，是一幅好畫。

「不知道……起碼要幾千塊吧？」

「一千二百元。」

「噢，便宜。你是說港幣嗎？」

「他剛剛搬入來的時候，覺得這面牆有點空。本來想掛時鐘，卻又是很俗，於是就去附近的二手店買畫。他看了好幾十款隨意放置是桌上的畫，顏色亮麗、主題清晰的有很多，但是構圖大多是相似，能夠買下手的卻一張也沒有，雖然本身也只是標了幾十塊錢的便宜貨。他看到店的右側有一條樓梯，於是二話不說就爬上去，結果就看到幾十副畫連著畫框並排著。他找了好幾幅，差不多放棄的時候，他就找到這幅畫。

「他看了好幾回，又找了好幾幅畫比對。這時店員走上前來，還沒什麼寒暄招呼就說出來這幅畫的來歷。以前六、七十年代，不少的洋行看準了香港的經濟發展潛力，紛紛來香港開公司。以前的人素養比較傳統，喜歡用油畫作裝飾，可惜的是在外國購置和搬運也相當費時和昂貴。有一班在外國學過洋畫的畫家，就會在香港合夥湊錢開畫廊，把畫著不同風貌景致的鄉村油畫展示出來，讓洋行去挑選。挑中了的畫，畫家就會按著洋行指定的要求，重新把畫臨摹一遍。而這些畫作的半製成品，就是剛剛說過優在樓下看到的畫。八、九十年代，這些畫廊的生意雖然還沒有去到息微的階段，但是畫家也紛紛退休移民過好日子，於是本來放在畫廊展示的油畫，連畫框也還沒有拆下來，就擱在二手店裡的樓上，靜靜等待著一個個時代的轉逝。而這些油畫，就被稱為『畫辦』。這些畫辦由於也是畫家的第一筆，所以也充滿著畫家當刻的強烈情感，和因為生意而臨摹出來的作品有著雲泥之別。而且經過歲月的洗禮，畫的顏色轉淡，味道反倒出來了。」

「這些話，他大概和妳說很多次吧？」

「又不是很多，十來次左右。」

花一臉正經地道。

「這樣說，這幅畫也真是很珍貴。」

良不懂藝術。對於不能夠用理性和記憶剖析的事物，他一向也沒法理解，不管是小說、音樂抑或是繪畫。還沒有長大到可以獨立生活之前，只能在和一個環境中相處的他和優，一直貌合神離，大概也是這個原因了吧。兩人從出生那天，就註定沒法走進對方的世界之中，兄弟在對方的角度而言都就像是照鏡子一樣，縱然折射出相似的外貌，卻是完全有著關鍵性一般是截然不同。

良想起雙生靈。這個世界上存在著和自己外表一模一樣的人，而當他們相見之時，就是其中一方毀滅之日，至死方休。傳說芥川龍之介就有見過雙生靈，他最後迎來的終局，就是在一座大廈的天台上決定自我解決。

良突然想到，如果優當真是死了，他也不會覺得驚訝。這種預感，在和房東還有花見面之後，就愈發強烈。他說不定就是知道優將終消失，才會被吸引到來這裡。查探他的蹤跡，住在他的家中，睡他的女朋友。

抱在懷中的花，身體已經沒有之前碰到般那麼熾熱，身上的汗水也被冷氣機放出的風舔走了，留下好聞的酸臭。被擁抱後回彈，卻又顯示著生命力，還有她濡熱的鼻息。她忽然就開口：

「珍貴？為什麼？」

良不知道怎樣回應，才會顯得沒那麼蠢。

「因為這幅畫承載的是一段故事，還有時代的見證。它的確是值這個價錢。」

答得不錯。他心中為著這個答案心中直點頭，順手伸向花的臉上，他感覺到頰肉忽然有著異動：

「如果我和你說，這個故事是假的，那麼你會覺得怎樣？」

良摸在花臉蛋上的力度加重了，後來變成了輕掐。花不經意的笑了起來，看著抬起了眉頭的良。

「我不是刻意想去欺騙你。當然優也不是。不過，他是聽了這個故事之後，前一秒還在猶豫的他，下一秒就掏銀包買下了。

「他後來嘗試在網上搜索『畫辦』這個字詞，卻什麼也搜尋不了，連七十年代畫廊，也找不到相關的歷史，於是他就想，會不會是店員為了哄他買油畫而憑空創作出來的故事？

「他沒多久就想通了，這幅畫到頭來，本身可能只是值五百元，但是加上了如真似假的故事，就立刻升價十倍，一千多元反倒是物超所值。因此他買的不是畫本身，是一段虛構的歷史。而他很樂意去這樣被欺騙。」

「頗有趣。這段感想也是他告訴你的？」

聽到花解說的良，不知為什麼也開始放心笑起來。

「沒錯。」

「我也覺得整個故事很有啟發性，」良把花垂跌下來的頭髮撥回她的耳後，「即使搞不好這個故事，也是他編出來的。」

「那我也甘願受騙，這樣動聽的故事。」

「或者連這件事本身也是妳編出來。」

抬起頭的花，又翻了一次白眼。

「那麼你相不相信？」

良沒有回答。他第一次有一種渴望，想把這幅畫據為己有。他又再一次把懷裡的花拉得更近，吻著她的額頭，下巴支在她的頭腦上。同時間，他也聽見花像是嗅著某種味道一樣，深深在良裸露的胸前吸了口氣。

「他和你不同。」花柔聲說。

「我知道。」良回道。

「他總是不刮鬍子。」花把頭枕在適合的位置，「然後又喜歡在臉和大腿上磨蹭，總是弄得我很痛。但是當現在的我再摸不到鬚渣的質感，心裡卻有種茫然若失。」

「不習慣？」

「不。」

「覺得沒有安全感？」

這次花沒再開口，連搖頭否認的動作，也沒在胸前感受到。看不到她臉上掛著什麼表情的良，沒有刻意想去確認。可能是因為沒有勇氣、可能因為沒有必要、也可能是因為覺得自己沒資格。

「……妳想念他？」

良很怕自己心跳突然的異動會被花察覺。而今次花只是想了想，「……再也不是了。」她最後把臉埋在良的胸前，就像他們第一次見面的時候一樣。

9

「所以你之後也會直接向我轉賬？」

和早上拿鑰匙時聽到的一樣不客氣，房東懶散的聲調透過話筒，傳到良的耳邊。他忍著把手機拉開的想法，把話說下去：

「我有你的銀行賬號。在優回來之前我也會把錢匯過去。」

「那麼你弟弟什麼時候會回來？」房東又再問一次。

「差不多時候就會回來。」

話語剛落，良就覺得自己說了毫無意義的話。

「哎。我不管了，有人肯認頭交租就行了。你別想著要欠租，我告訴你好了，在這一區來說我已經算是收得相當便宜。你看看隔壁B室，剛剛裝修完新的單位，變了七間劏房。七間。如果他的單位呎數和我一樣，即是一間連八十呎也沒有，廁所還要共用。戶主給出的租金，只是少我一千元左右。你知不知道最痴線的地方是什麼？就是他放了租不夠一個星期，七間劏房全部爆滿，是爆滿啊。不過我也還有良心的，不會改建做劏房。你想像一下，地方細也就算吧，連洗手間也要十多個人分，整個地下也是頭髮紙巾，不就是要我找人去清潔？真的是當香港人是豬？雖然住的大多數也不是香港人。不過這麼才糟糕，一來就是大陸人南亞人，再不是就是道友，陣間一個不小心，在劏房打架殺人，警察上來拉人封艇，到時候我就仆街。喂，我不是歧視啊，之前在深水埗，警察截了個南亞人，你知不知道在他背囊裡面找到什麼？步槍啊大佬。喂步槍可以帶出街的嗎？如果步槍也可以拿出門，我即刻買兩支放袋底啦。你現在試試十一點去大南街走一轉，南亞人全部坐在路邊盯著你們，再過幾年大膽起上來，真的男姦女殺。你也不想你家樓下是這個慘況吧？說實話，不開劏房賺少點錢，也算是做福人群。」

喔，是嗎？你真的好人。良很想敷衍耍掉從剛開始就喋喋不休的房東，但是他發覺連回應一個字其實是毫無意義、浪費時間。而且對於一直也住在新界的良而言，他分不出九龍租金的走勢。因為在他看來，哪管是牛頭角抑或油麻地，市區的租金本來就是貴。

但是，比起這些小事，他一件事情必須要向房東問清楚。

「我還有一個問題。」

良把腦內擬好的話提出來。

「優把我寫在緊急聯絡人的欄目上，是從第一天簽合約就定下來的？」

「為什麼這樣問？」

良沒想過房東會這樣反問，突然不知道怎樣回應。

「……沒什麼，好奇而已。」

「你們兩兄弟真係好奇怪，做事也不合常理。」

「不合常理……是什麼意思？」

良皺眉頭，不斷試著在記憶中搜索，思考著是不是自己做了什麼失禮的事情。不過良實在沒法站在房東的角度去想哪一種事才會冒犯他。

「我告訴你，從一開始根本就沒什麼緊急聯絡人，又不是小學生，自己為自己負責吧。我也不會特別過問住戶的家庭環境，我也是剛剛才知道他有一個孖生哥哥。」

「那麼，為什麼你會知道我是優的哥哥？而且又會有我的電話？」其實他和優不是孖生，不過算了吧，他沒必要知道。

「很簡單，有人把號碼給了我，說如果優有什麼事，跟著號碼撥電話給他哥哥，也就是你，所以我才能夠找上你。」

「那個人是誰？」

在這一刻，他拿到一個很有用的情報，就是間接讓房東通知自己的人並不是優。這樣也證明優從來也沒有想過要求良幫忙。雖然這樣一來，他也不禁為弟弟還沒有想要冰釋前嫌的打算感到心情沉重，不過也解除了一直以來也存於心中的違和感。然而，也因此代表眼下產生了更多的謎團。因為能夠知道自己電話號碼的人不多，同時間又要認識自己弟弟，還可以把電話給了房東，條件過於苛刻。腦筋一時間轉不過來的良，只是想知道近在眼前的謎底究竟是什麼。只聽見房東不疾不徐的道：

「喔，她說是你弟弟的女朋友。」

10

「你和優常常來這裡？」

「不盡然。」花用餐紙輕印著留在嘴唇上的泡沫，紙巾是在結賬櫃桌前拿的。事實上，這間店可以說是半自助式，糖包拌棒之類的工具，也要自己到櫃上拿，包括良手中用來沖走嘴中苦澀的清水。

「以前曾經有一段時間是常客。」花補充道。「以前」大概是指兩人還沒有決裂的時候吧。

「店長好像把我和優認錯。」

「放心，優沒有怎樣和他談過天。」花把最後一口的泡沫咖啡送到胃裡。「在我印象中。而且他不是店長。」

「這樣好嗎？」

「沒問題，」大概是知道良心裡正在擔心什麼，花露出一派輕鬆的表情，「反正他也只會將你當成是優。」說罷就吻上了他的唇。良嚐到她的舌上有著鮮磨咖啡豆的酸澀、牛奶的溫甜、混雜著薄荷味牙膏纏在口腔壁上的蘭香。

「這間咖啡店開得好早。」良說。

她把咖啡杯放在桌面上，邊看著門外邊伸伸懶腰，胸部小巧的輪廓也變得明顯起來。朝陽確切地照到店前的空地，在水泥地上反射著耀眼的光，良的眼睛也因此半眯起來。但是他睜不開眼皮的原因並不是這麼單純直接——前天下班之後，趁著兩天連休，良應花的約上了優的家中。昨晚和花去了她極度推薦、隱沒在重慶大廈的正宗印度餐廳，伴著香料味十足的雞肉瑪西娜，把店內有賣的印度烤餅全部試了，接著就一直沒有合上眼睛，或者應該說，花從不打算讓他睡，即使他不斷提醒花自己明天繼續輪班。結果直到陽光透過廚房照到客廳的仿木地板，良才發現補眼只會令自己更痛苦，忽然就想起第二次見到花的時候，約見的那一間咖啡店。

「咖啡店開得早是正常的。只是香港的獨立咖啡店比較奇怪，差不多中午才開門。」

「妳上次被嚇醒了就衝下來？」

他憶起那天聞到的洗髮水的味道，和昨晚兩人在被子下輕輕磨蹭時傳到鼻腔的微香，不爭氣的良這下子只能移移屁股，重新坐好。

「沒有了。我出門的時候才凌晨三四點，只有麥當勞有開而已。如果我一直坐到八點多才來這間咖啡店。」一花的聲音也開始聽到疲態，只是塗了層保濕乳液就下街的她，微微鼓起的眼下圍了一圈薄薄的黑印，「而且這裡的店長很可愛，身體軟軟的很好摸。」

「看不出呢。」

良望向站在櫃檯前忙碌為買輕便早餐的上班族收銀、鼓脹的二頭肌和胸肌在素色短袖上衣裡異常明顯的高大男人。那個男人，良上次過來點單的時候也有印象見過臉，下巴和臉上蓄著短鬚的他似乎發現了良的視線，轉過頭來四目交投。不到兩秒，男人對著自己點頭微笑。身體軟軟究竟是軟在哪裡？而且還可愛……良有點心虛地對櫃前那個男人冒起了無謂的競爭心態。

「免得你誤會，躺在門口的那隻哥基犬才是店長，你有看到他那條領巾吧。」

「我才沒蠢到這個地步。」良說罷就把水杯內的水一口吞沒。

「他摸起來很像雪芳蛋糕，連聞起來也有蛋糕的香味。」

「畢竟妳很喜歡狗狗。」

「你也會喜歡他。」花托起腮幫，神情迷濛的直視著良的眼睛，「狗狗永遠也不會騙你，而且還很服從。」

「既然是這樣，為什麼不多養一隻小狗？」良問道。只見一直露著微笑的花，臉上的表情猝然消失無蹤。突如其來的轉變，讓良摸不透眼前的女性，甚至一時間冒起了前所未有的恐懼、一種沒想過會在花身上發現的恐懼、像是一直以為腳底踏著平實的路，突然失足一樣的恐懼。但是細心一想，卻又覺得一點也不意外，尤其每逢記起第一次和花見面之後，向房東補交租金時的通話。良雖然不太喜歡他，但是房東在這件事上，沒必要說謊。但是很快，花接下來的話，又把自己提在胸中的不安一掃而空：

「我不想再失去自己愛的東西……」

抬眼看著自己的花，讓良的胸中生出了劇烈的疼痛，像是蓮綺一樣，把身上擁有的其他情緒也驅散到找不到的角落，這一刻他總算明白為什麼僅僅會因為花一個表情，心中就湧起了重重的不踏實感。

「我不敢了。」他近乎聽不見花的聲音，「我沒有能力再承受了。」

他突然間覺得自己很蠢。一方面就像是看到逗貓棒的貓一樣，不斷的去抓永還不會抓得住的羽毛；但是令一方面，明明看到要捕的老鼠，偏偏卻棄之不理，即使自身的本能悲哀地不間斷的提醒著自己……

「我不會走。」

良握著花的手，淚眼汪汪的她無意識舔著乾燥的唇。

「讓我陪著妳，好嗎？」

聲音變得柔和而堅定，良並不是刻意為之，而是只要是對著花，嗓音自然而然地，像是手機原創設定的鈴聲一樣，就只有這般的調子。他放棄了思考了。情緒被隨意被舞弄也沒有關係。這樣就可以了。

花點點頭。他很高興。

「我或者需要多點一杯咖啡。」

兩人十指緊扣，幾乎連時間也忘了。看到眼前昏昏欲睡的花，良輕聲地在她耳邊道。

「嗯……好啊。你幾點鐘要回警署？」

「一點鐘。」

「不是說不會離開我？」

「妳知道我不是那個意思，對吧？」

良笑著摸摸花的臉，她也露出懶慵的甜笑。要一杯外賣咖啡，然後就帶她回家休息吧。他帶著這年最平和，卻又最幸福的心情，走到櫃臺前面點了餐。精裝的老闆照樣掛著禮貌親切的笑意，沒多久之前對他的防備心態，也因為花手中的溫度而退卻了。他從後褲袋拿出馬油皮銀包。

「看來你們已經和好了。」

「還可以吧。」

即使這麼近距離，老闆還沒有認出他並不是優。一直也對這件事有點在意的他，今天卻又覺得沒所謂。他所在意的眼光，就只有花一個人而已。

「之前看到你們的關係也很繃緊。」收好了錢的老闆站在電鍍意式咖啡機前，把鐵奶壺放在蒸氣管下，「噗滋」一聲，壺上冒著白煙，「後來有一段時間你們沒來，我和阿里郎也很擔心。」接著他把手中的壺在桌上晃動著，然後把裡面的熱奶倒在紙杯裡的咖啡中。

「沒問題。我們很好。」你不會有機會的。良很想把心中的話一字不漏的說出口。他側身看看店裡的花，她就像上次在咖啡店看到的時候一樣，伏在光滑潔白的桌面上。

「熱鮮奶咖啡。」

他手中多了一個白色飲品蓋子的黑色紙杯，「小心燙手。」老闆的體貼讓良的戒心更重。對著有女友的男人也這個模樣，如果只有花一個來，他可是世上……至少是油尖旺區最大的威脅。良對那個男人輪廓分明的臉感到厭惡，完全不想再看到。他低頭去取咖啡。突然，手臂被一把怪力抓著，良吃了一大驚。

「抱歉，嚇到你。」老闆一臉茫然，他拿起良的手臂，像研究什麼像的仔細察看著，「我記得你手上的紋身……」

「是蛇嘛。」

良的心臟漏跳了一拍，他暗暗希望老闆沒聽見自己的心律異常，雖然本來不可能。優有紋身這件事，可是從他的紋身師直接聽回來，不過他們兩人卻完全忘了這回事，還大模大樣的像王子回城堡一樣去優的老店，要說大神經也未免有點太過分了吧。現在還要被老闆親眼指正出來。

「那個只是貪新鮮的水印紋身而已。」

良立刻從腦中找了個藉口。他想縮開被抓著的手，但是老闆砂鍋一樣粗大的手，牢牢扣著良的前臂，他絲毫的沒法掙脫半分。

「水印紋身？不是花幫你紋的嗎？」

良差點沒把咖啡倒在老闆的臉上再自殺。剛才已經想到紋身是和花的祕密，卻又想不到既然是優的老店，花的事老闆自然會知道。雖然花說過老闆和優並不算太熟悉，但是那也只是花角度的看法而已。男人間的交流不太需要談太多話。而且那個已經無關羞恥和智商的問題。只要想想優有機會還回來的時候，一切也會揭穿，不單是他剛剛所說的薄弱謊言，還有花和他祕密交往的事，一切也會敗露。他一想到花在優面前攤牌後的尷尬處境，良的太陽穴又開始猛然抽痛起來。這時，良認為令自己頭痛的「罪魁禍首」又開口了：

「還有你身上的傷痕呢？那麼快就康復了嗎？」

老闆的話一下子把良的思緒拉到現實。

「傷痕？什麼傷痕？」

就像抓到仇人的致死節一樣，他身體傾前，追問著老闆。老闆明顯被良突如其來的行動嚇了一跳。

「傷痕啊。傷……」老闆突然往後望，回頭就把故意聲線壓得低低的，「你之前這裡不就是有傷痕嗎？」像氣音一樣的嗓音，老闆一手抓著良的前臂，另一隻手在良的手腕上比劃著，「這裡像是被什麼綑綁著一樣，還有刮傷，手臂其他位置也有。還有，」老闆指指自己的頸，「咬傷啊。」他又再一次回頭望。這次良才明白，老闆是在看花是不是在偷聽。

「我、我忘記了。是什麼時候的事？」

老闆不作聲，靜靜的盯梢著良的臉。他被老闆望得有點不知所措，甚至臉頰也開始麻痺起來。沒多久，老闆緩緩開口：

「從第一天開始。」

11

當花知道良想在家中吃晚餐的時候，表現得相當雀躍，本來就多話的她，興致勃勃把著今天要做的菜的構思，但是當良表示只是想點薄餅，花歡快的臉一瞬間就塌下來。

「你真的有夠掃興。」

看到花扁起了嘴巴的良，心臟一時間劇烈抽痛起來，但是同時他想到這兩天在腦中理清的所有推論，胸口的溺愛漸漸被更複雜的情緒驅趕了。

不管怎樣，今晚一定要做出那個決定。

他點了夏威夷薄餅，理所當然這個舉動也引來了花的不滿。

「有菠蘿的薄餅才不是薄餅。」

「就試一下吧，我還頗喜歡。」

「我不會試，你這垃圾嘴。」

能夠煮出我這個垃圾嘴也食不下的料理，妳也是半斤八兩。

「既然反駁不了，你就負責好好把薄餅上的菠蘿挑走。」

要是平日的良，總是有點不樂意。但是今天的他，卻覺得這可能是一生中美好回憶的一部分了吧。

過了今晚，我們就不會再見。

薄餅終於也送來。而良倒真的把拿著叉子，將上面的菠蘿一個一個的挑走。然而他從步入優家中的那一刻開始，一片混亂的腦子一直都在心不在焉，同時他也一直沒法下定決心，是不是應該從花的身邊離開。

「不如算了，好嗎？」

「嗯？」

良兩秒之後才回過神來，登時也嚇了一跳。他意會到剛剛那句話，就在他內心正努力交戰著的時間，不知不覺的從自己嘴裡洩露出來，

「如果不想挑的話，只挑走我的份就可以了。」

花漫不經心的回道，她大概以為良正在生悶氣。說漏了嘴的良覺得找到了時機。已經沒辦法把真正的意思再隱藏下去。

「我不是說菠蘿。」即做下定了決心，良還是沒敢望向花，「我是說，『我們』不如算了。」

「如果你不喜歡挑菠蘿的話，也可以不挑……」

「我的意思是，我們不應該在一起。」

良手上的叉倒在薄餅紙盒上，發著悶聲的碰撞。

「你知道我們的關係，根本就見不得光。我更加不知道這樣的關係，可以維持多久。

與其一直提心弔膽到優回來為止，倒不如現在就結束吧。」

良從座位站了起來。

「長痛不如短痛。」

他和花對望了一眼。手中拿著薄餅一直垂下臉的花，這時也終於抬起頭了。

「良。」花的表情，比起良預想的來得冷靜，「我那天看到你和老闆談天，」她嘆了口氣，然後掛上明顯是裝出來的強顏歡笑，「你們是不是談了什麼？」

良沒開口。

他只能說一些大家也共知的事。良當然早就猜到花會問起這件事，即使老闆的聲音壓得再細小，畢竟是同一間咖啡店裡，是不可能察覺不到異樣。

「是不是他說了什麼？」花再重複問。

「他發現了我不是優。」良挑了一個理所當然地可以說出來的發現，「手上的紋身。我們也忘了。」他暗暗嘆了口氣，「所以就說，根本就瞞不下去。」

「就這樣？」

良這幾天的相處裡面，也從沒見過花的眼睛瞪得這麼大。

「把我玩弄，然後又像是不再喜歡的玩具一樣那麼扔在一旁？那麼你和優有什麼分別？」

「別再逼我選了。」

良的語氣相當平淡。

「我和妳一起的這兩星期，是我近兩年過得最開心的日子。但是這些令人快樂的日子，也是偷來的。」不過他知道自己的冷漠，也是裝出來的。每當花開口說話，不管是撒嬌抑或憤怒，也是一陣一陣、像逐漸增強的電流一樣刺激著良的神經和理性。他知道再不離開這間屬於自己弟弟的屋子，自己就沒辦法再隱藏情緒面對花。

「沒關係。」

剎那間，良聽到椅子刮著地面的尖聲，會意的時候，左手感覺到一陣柔軟的壓力。

「只是一個人看到而已。況且，我根本就不在意人們的眼光。」花的臉緊貼在良的上臂，「我喜歡你，真的。」

「殺死優的人是妳。」

良說出了他絕對不想說的話，一直強壓在心裡的情緒，一下從口中爆發出來。

當他再能夠看到眼前的事物時，才發現花倒在地上，臉上淌流著血。他知道讓她受傷的人是他自己，因為把她推倒在地的人，正正是自己。

「你在說什麼？」

嚴厲的目光沒從花的眼中消失，反倒愈發強烈。然而，充滿著反抗意識的她，身體卻無法動彈，也沒有逃走的意思。

「別跟我玩這種遊戲了。」良說，「妳所有的祕密，我也已經知道了。本來想著就這樣就算，沒有想過妳竟然想將我鎖著，就像你當時鎖著優一樣。」

「鎖著？」

「房東把那件事說給我聽了。」良指指自己的胸口，「把緊急聯絡人改成我的人是妳。」

花沒有回話，也沒有反駁。

「我一直也很奇怪，為什麼優會把關係疏離的我設成他的緊急聯絡人？如果他真的把我視為對手和仰慕對象，而且在他功成名就之前也不打算再和我見面的話，自尊心這麼強硬的他，一定不會想我看到他的狼狽，那麼他又怎會願意把我變成他遇上麻煩時的擔保人？當然有人會說，畢竟是家人，會通知哥哥也是正常。但是他從來也沒有主動跟我有過聯絡，雖然我也沒有就是了。

「後來我在妳口中聽到優對我的敘述和感覺後，這種違和感擴散得更大。得知了優的作家身分，雖然我一度想到他這種做法，可能想利用我成為他寫小說的工具之一，但是怎樣說我和他已經幾年沒見，關係也沒有好到可以發現自己被利用之後還可以一笑置之，更不用說我會有報警的可能。這樣一來，倒不如從一開始就找人假扮自己，甚至自己一人分飾兩角還來得方便。

「後來我又不斷推測，他可能是在外地取材的時候遇上意外，或者有其他事情沒辦法回來。這樣的話，利用我作為工具這個說法就不攻自破。但是同時也會回到原點，為什麼他會找我作他的緊急聯絡人，甚至不預先通知一聲。

「於是在我和妳過夜之後的第二天，就透過電話詢問房東關於緊急聯絡人的事。他告訴我，妳早在五月的時候，就和房東說妳和他分手，而且把聯絡人改成了我的名字，還把號碼給了他。

「但是我的電話又不是快餐店號碼，為什麼會在妳手上。這個問題不難解決。我的號碼從大學開始也沒有變動過，因此優手機裡一直有著我的號碼，畢竟在母親死後，大家也還有基本的聯繫，談關於喪禮的安排。只要他沒有刻意刪除或者更換電話卡，基本上我的電話也會在手機裡面。而如果妳沒有說謊，優一定還會想見我，所以電話刪掉的機會就一定更小。

「而取得電話的方法就更簡單。以前可能還需要密碼，但是現在的科技進步到只要機主在身邊，即使死去了也還可以用指紋甚至臉部解鎖功能。那麼妳就可以擁有我的號碼。

「妳可能會問，如果妳真的下手殺了優，為什麼還會把身為警察的哥哥叫來？現在解釋上來很麻煩，倒不如還是先繼續從妳的計劃說下去，那麼妳需要我的目的是什麼？

「妳利用房東把我叫來，然後讓我去發現日記和石膏磚。先不說我沒發現日記的話，妳的計劃會怎樣實行。總之劇本是，我發現日記，而且還意會到那是優親手寫的。因為我和他是兄弟，知道他的字跡長成什麼模樣也是理所當然的。但是我和他隔了這麼久沒見，他的字跡也會有改變的機會，而且日記本身還相當潦草，因此妳怎樣讓我會確信那是優的筆跡而不是其他人？

但是一切也只要逆轉去想就可以。其實不需要證明日記上寫的是優的筆跡，只需要證明日記的筆跡不是妳寫的就可以了。於是，妳就在雪櫃上貼了紙條，寫上端正細小的字體，那麼我的潛意識就被植入了『寫日記裡潦草字跡並不屬於花』的錯覺。實際上如果要模仿的話，其實誰也可以做到，而且本身字體潦草也作了一個保護，讓人更難以辨別字跡是不是完全屬於優。只要能夠偽造筆跡，裡面所記載的一切也可以改寫甚至重新編寫，讓自己的謀殺行動變得更有利。

而日記真偽更是可以刻意製造出來。聲稱從來不知道日記存在的妳，卻表示在半夜聽到怪聲；而因為日記是我自己找出來的，當發現內容和妳口中的描述不謀而合，加上房東這個第三者的證供時，我就落入了妳設下的陷阱，一來誤導我以為日記和妳無關，同時證實日記是真實的。那麼即使優是作家這件事被公開，妳也可以推說優為了演練而將現實的經歷加入去，從而讓我相信其餘的內容，也是有根據的。

因此裡面的內容，隨時也可以是虛構的。從我和妳相處的日子，我就更肯定這個說法。妳和優分手的原因，根據日記和妳的說法，是因為他對妳性虐待，但是我並沒有在妳身上找到被虐打的痕跡。當然瘀青和傷痕是可以散去，畢竟妳和他分手也起碼也兩個月。當然前提是日記的日期和內容也是正確。但是因為有偽造的可能，因此日記就變得毫無參考價值可言了。

這樣一來，日記彷彿只是為了誤導我而存在。接著我突然回想到編輯描述優寫小說的習慣，雖然並不是直接談論妳偽造日記這件事，卻給了我一點頭緒。為什麼沒受到小說寫作訓練的妳，可以寫到這麼接近現實、那麼詳細、類似小說性質的偽日記。結果今天，妳給了我答案。

從一開始享受征服感覺的人只有妳而已。玩性虐遊戲死去的並不是什麼汶，而是優。妳意外把優殺死，為了掩飾屍體，妳把他決定把他放在石膏裡面，然後再鎖在櫃裡這樣一來，妳也不需要煩惱屍體會發臭的問題。

接著，妳虛構了汶這個角色，偽冒成石膏磚內屍體的身分。同時間，妳也把殺人的經過和角色換位，凶手轉成優本身，也將作為女友的妳利用優的筆跡，把不在場證據寫在裡面。事實上，優早在4月的時候就死了，也就是妳把緊急聯絡人的名字轉為我的那一段時間。然後也就是在6月6日之後，也就是優聲稱殺死汶之前，妳出國旅行，然後回來，假裝對優的事情一無所知。

「不過這些過程還沒解釋到為什麼在妳的日記裡記載埋藏屍體的手法、還有對肢解的認知會這麼澈底。這時只要轉念一想——作家寫小說，一定會寫大綱。優會想到要預演一個性虐狂意外殺人的故事，那麼都一定寫好了一個劇本。如果妳從一開始就知道優是作家的身分，擁有他寫的大綱，知道劇情的進展，甚至連收藏屍體的方式也了然於胸，日記就更好寫了。

如此一來，整件事就合理很多。因為優再大膽，也不可能冒著被提告的風險，把一個不清楚底細、也對性虐遊戲沒興趣的女性虐打。反倒他一早就透露自己是作家的身分，再要求妳配合玩性虐遊戲，那麼整個邏輯就通順了。加上受傷的也只是優本人，那麼女生需要接受的心理準備就只有虐打一個男人，而不是被傷害。

妳意外殺死了優之後，就根據他寫的故事，還有他預備好的石膏，把屍體藏好。但是由於故事的後續發展和真實的情況不同，於是妳用他的筆跡，寫出一個新的日記，謊稱優是虐待犯，而且意外把女人殺死並逃亡，那麼就可以掩飾優的失蹤。因此也證明為什麼明明優扮演的是受虐者，日記中對於施虐者變態心理的描寫會這麼詳盡。因為寫下來日記的人就是你，而不是處於被虐者角度的優。

屍體存放的問題雖然暫時解決了，不過因為是意外死亡，妳從沒有想到石膏磚的處理方法，甚至優原本的日記和劇本裡，石膏磚也還沒有處理就被發現，又或者是最後凶手逃亡自首之類。這種結局對妳來說相當不利，妳絞盡腦汁，突然想到優提過對弟弟有過虧欠的哥哥，於是想到可以讓哥哥的我叫來，誤導我以為優不小心把情人殺死，從而幫忙把屍體棄置。當然想到這一點，是在優進入石膏之前，如果不是妳也不可能拿到他的指紋。

日記的創作背景也搞清楚了。到最後就是證據。妳的性癖雖然很明顯，但是也證明不了什麼。

不過只要警察一來就行了。因為殺人的證據，還在石膏裡面。只要把石膏打破，就會看到優的屍體。石膏雖然沒有水泥保存得這麼好，但是手腕的傷痕，還有頭部的致命傷也會清楚呈現。為了不讓屍體腐敗的藏屍方式，但同時間也把罪證保留下來。簡直就是一個雙面刃。大概也是這一點，優才想不到怎樣收尾，因此妳也沒有可以根據的做法棄屍，真的相當可惜。如果優的腦袋再出色一點，想到嬌小的女性也能夠棄屍的方式，或者妳也不需要依靠我，也不會落得和優小說裡的結果一樣，被我查出真相。

事實上，我早就通知了同事，如果我沒有在指定時間回電話，他們就會派人上來把我救出來，也拘捕妳。妳不需要再煩惱怎樣處理我的屍體，因為事情已經曝光了。」

外面傳來急促的敲門聲，還有叫喊。恍如一切也是約定好的一樣。

沒人回應。

「我猜妳最後的疑問，大概是為什麼掌握著所有證據的我，還會和妳見面，而不是通知警方直接拘捕妳？

那是因為我希望到最後一刻妳會自首，抑或妳會選擇放棄我，那麼我也可以當優的事只是一場夢。畢竟令他變成這個模樣，我也有很大的責任。不過，妳從來沒有這個打算。妳只是想我繼續跟妳在一起，做一對亡命鴛鴦；又或者妳根本就沒想過要公開這件事，只是想把我變成另一個優。」

良半睜的眼睛，盯著因為撞到課角而血流披面、十分鐘前就已經昏倒在地上的花。褲袋中的電話一直震動著，他知道打來的是誰。然而，他從來也沒有想過要把電話接起，只是任由電話繼續震動，停上，再震動。

「……如果你不挽留我的話，我們本來可以好好的……」

身後傳來的敲門聲，在房中不絕於耳了。

解謎

坐在仁對面的良，看起來很憔悴，比起之前忙著趕稿的那段辛酸日子時更要來得疲憊。雙眼底下冒出了深邃的黑眼圈，乾燥的嘴唇還有暗沉的皮膚，他臉上的一切也顯露著監獄的生活並不是這麼舒適。心裡閃過一絲可憐的仁閉上了眼。

「你還好嗎？」

話筒貼在仁的耳邊，他還是把客套話問了，雖然也猜想到良回覆。畢竟自良判刑之後，兩人一個多月沒見，還要是在這麼壓抑的環境，打破沉默還是需要開場白。

「嗯，不錯。」

同樣拿著聽筒的良點點頭，露出仁意料以外的輕鬆微笑。

「我還以為要被人開發，沒想到監獄還頗正常。」

「你電影看太多。」

聽到良的話，仁的嘴角也上揚了。

「不過看到你還可以開玩笑，大概也是不錯。」

「還好，三餐一宿，不用工作的時間也有自由思考的時間。就是食物有點難食又沒選擇。」

「嘿，你怎樣說也是在坐牢啊。」

沒人接話。兩人將近半分鐘沒有說話。仁當然知道過了多久，在兩人尷尬不已的時刻，他不斷望向良後方牆上的指針時鐘。

「沒想到要在監獄裡面見你。」

最後還是仁先開口。畢竟是自己想見他，倒沒可能像分手的情侶般相對無言吧。

「花她怎樣？」

「她不行。」仁搖搖頭。「破相了。」

不斷在腦中斟酌用語，最後仁選擇了最簡單的詞語闡述情況。說罷，玻璃後方的良若有所思的點點頭。

「她應該不會想再見到我。」

良淡淡地說。仁刻意不去想像良是抱著怎樣的心情去說句話。

「我盡了力。」像是自辯一樣，仁稍稍把身體趨前，「不過，是你這次太過火了。」

「我……我明白。」良低下頭，「我知道自己有這個壞習慣。我……我……你明白嗎？就像毒癮一樣，當你上一本作品用這個方法寫，而且寫得很順利，你就會不自覺地依靠那個方法。不是有作家在寫作之前會呼麻一樣，當它能夠啟發靈感的時候，就會加重劑量，直到身體不能夠承受，精神和靈魂也完全分不清現實和虛幻。現在的我要把小說寫得好、要構思出任何詭計，也只能夠持續使用這種方法。」他說得結結巴巴的，仁想到他大概在監獄服刑的這段時間，也沒有好好跟其他人溝通過。仁實在不知道要回什麼話安慰才好，因為他壓根就沒有想過要安慰他，尤其是聽完良這番自白之後。但是，他連責備的力氣和動力也沒有。

「你趁剩下的刑期裡好好反省一下。」

仁最後也只能說出這種讓人接不下去的話來。

「反省。」

良彷如認同仁的話一樣，口中喃喃，然後自顧自點點頭。

「……你還會不會過來看我？」

一直垂下的頭猛然抬起，良注視著有點茫然的仁。

「會，怎樣說你也是我處理的作家，而且還是朋友。即使你犯了無法挽回的錯誤，但是我知道你不是故意的，你只想寫好的作品，不過用了令一般人無法理解和接受的方法而已。可是，你做錯了事，造成了傷害，這亦都是無庸置疑的事實。」

仁不禁暗自嘆氣。在探訪之前，他一直也提醒自己別責怪良。然而當仁再一次看到良的臉，聽到良的自辯般的說法，花向自己哭訴的憐人臉頰，倏然顯現在自己的眼前。

「我知道，但是我真的、真的沒想到」

「沒想到什麼？我一直撥電話給你，你不接。你打傷了花，弄得人家頭破血流，報警舉報花，然後警方上來之後一直嚷著要人家打破本來就空無一物的石膏磚。而且，」仁吞了口口水，續說，「而且你是冒警啊，作家大人。」他把話筒轉到另一側，「你知道我和律師花了多大的力氣，才讓警察放棄起訴你？」

仁想起那天收到電話，要到警署保釋良的時候，他在警察面前堅稱自己是伙計，還吆喝著要要警察抓花。

「你惹了很大的麻煩。我還要和出版社那邊溝通，總編說你的行為和案底也會影響到公司的聲譽，打算放棄繼續跟你簽約。」

「什麼？你不可以這樣做。」良瞪大眼睛，緊皺的眉頭不自覺地跳動著。

「這不是我可以做主的。就算真的不再續約，怎樣說也是你要承受的惡果。」

「那麼我的那個已經構思好的小說怎樣完成下去？」

「小說？」

「小說。」優點點頭。

仁也皺起了眉頭，表情一下子變得訝然。

作為編輯，仁很清楚知道孤獨是作家靈感的終極來源，但是他可萬萬沒想到良才剛進了監牢，屁股也還沒坐熱，就已經有了新的構思。

可是，他是說「完成下去」，也就是指那個作品是基於舊有的構想發展出來？結果良接下來的話更令人咋舌：

「就是女朋友把小說作家殺掉，然後藏在石膏裡的小說。」

「天啊，」仁不禁掩起臉來。優竟然說出這種話來，實在讓他忍不住，「你不是還打算把那個過程寫下去嗎？」

「我、我明白。我犯了很大的錯誤，我傷害了花，讓她的臉頰留下了傷痕……」

「是疤痕。」仁打斷了良，「她要縫四針啊。你知道在一個女人臉上縫上四針，是怎樣天大的事嗎？」

「我知道，我也明白。是我對她不起，把這種事記錄下來，還讓人一種毫無悔意的感覺。」良一邊說，一邊自顧自的點頭，「但是，就是這個故事，才會顯得這個故事相當珍貴啊。你試想像，一個作家把自己的身心投入角色之中，扮演著角色的一舉一動，這個瘋狂的行為，甚至不小心傷到自己女朋友。」

「你也知道自己是瘋了嗎？」

「我知道。然後你先讓我說下去好嗎？他為了寫一部真實性極高的小說，自己的女朋友和前途押上去，你不覺得這樣的小說很有噱頭、會很容易賣出去嗎？」

「抱歉你在說什麼？」

仁露出難以置信的表情。對於他的表情，良卻恍如全然不知，還一直滔滔不絕地發表自己的看法，說到後來甚至攤開雙手，瞪得老大的眼裡彷彿就要冒出火花來：

「你是出版社的人，不是應該對出版啊銷售啊市場啊這種事很敏感才對嗎？你想想，如果出版社推銷這本書的時候，把作家本人的故事和寫作經歷押上去，不是更好玩嗎？這本也不是什麼新鮮事，《人間失格》不就是很好的例子嗎？因為是半自傳式的私小說，和太宰治本人的經歷一模一樣，所以才會變成全世界最暢銷的近代文學嗎？所有電影、小說、漫畫、一切的媒體，只要加上了『真人真事』『自傳式』之類的標籤，就會變得好賣。連殺人犯也可以賣書啊，你看酒鬼薔薇聖斗？為什麼犯下重罪的變態殺人狂，可以在書店裡售賣自己殺人的心路歷程？可不是因為他在小說裡的用字流暢優美啊。要比文字絢麗，有更多一輩子都籍籍無名的作家在後面排著隊？他賣得好，是因為作家的背景和小說之間的直接連繫啊。」

「你在說笑吧？你從一開始就盤算著這種鬼東西？」

「嘿，聽著。用故事去襯托故事，只有這種後設的寫法才能夠讓任何傳媒載體為之動容。這就是現代小說要暢銷的不二法門和捷徑。只要你這樣跟總編說，他一定會理解。而且我再重申一次，從來也沒有打算傷害花，那只是意外。」

「我實在不知道可以對你的偉論發表什麼，但是你真的是無藥可救。」

「至少你沒辦法反駁我，對吧？」

良刻意擺擺手，仁一時間無言以對。不過，並不是因為他找不到理據，而是對著這種自我中心到極致、無視自己的錯誤、甚至想像這種錯誤變成自己成名的轉捩點、充滿計算的瘋狂，仁覺得已經超越了一般的常識。

他暗暗嘆了口氣。

「我不會說你對於現代媒體的想法是錯。可是，你忘了一件事。《人間失格》所以賣得好，不單是因為是作者本人的潛意識投射，作者和角色處於同一個心理狀態，而是裡面的行文用字，反映了大部分思想和心靈無法和現實接軌的青年各種壓抑、叛逆和不安的縮影，幾乎每個年輕人也可以在大庭葉藏身上找到自身影子的一部分，因而引起了共鳴。如果你一知半解，同樣是賣不出去。」

「但是我把這次經歷寫成小說的話毫無破綻，不是嗎？」

「要聽實話嗎？」

仁直視良的眼睛。這是他進入探監房以後，第一次真正的嘗試和他對望。在這個之前，他已經在腦中預演過很多次。只見良也盯著自己。隔著一塊厚玻璃窗，仁也感受到良的自信。他決定不再把情緒隱藏下去，要把自己對良的真實看法，不加修飾的說出來：

「不。你的故事，糟糕透頂。」

「什麼？」

良把一直瞪大的眼睛放得更大，彷彿仁說了什麼無法理解的話。

「我不就是在現實演練了一次嗎？除了我不小心傷害了花，哪裡來有破綻？」

「多的是。」

良口氣倒抽的聲音很明顯。

「我先從最小的地方說起。優留下來的日記，你不覺得內容寫得太鉅細無遺嗎？根本就不像是日記，反倒像是一篇以日記形式寫下來，卻又充滿著造作修辭、記敘過於詳盡的文章。你別忘記，在你筆下，那個角色只是一個師爺，而不是一個作家，對吧？而且故事去到後來，不就是揭曉了所謂的『師爺』，其實就是一個失蹤作家。而且，寫這篇文章的並不是作家本人，而是她女朋友寫下來。

那麼一來，事情就更加不合邏輯。因為那個女朋友想做到的效果，就是要表示自己事先是不知道自己的男朋友是一個作家，因此她一直也只是模仿作為一個『律師』的角度去寫，而不是一個『作家』，況且不明狀況的她想脫去嫌疑，那就更加不應該花太多的時間用詳細筆墨寫下這種仿日記的小說，還要具有把日記不會出現的畫面寫得鉅細無遺，彷彿就是一早就預先寫給其他人看一樣。」

反正也開了口。仁暗自忖道，他吸了口氣，心裡的想法再也不會有保留。

「例如你談到分屍，從最基本為什麼棄用分屍的理由，到後來甚至連完全沒派上用場的分屍過程也寫出來，整件事的觀感太奇怪了。我都忍著不說兩人相處的描述其實是不必要的。確實，如果想讀者了解到弟弟的性格，利用和女朋友的相處作側面描寫的確是最好的方式，而且也可以凝造氣氛，從而推進劇情。但是，這些所謂的故事性和文學考量，抹殺了你口中所重視的真實性，這樣是不可能挑起你希望吸引的那些讀者群的注意。如果你是一個意外殺了情人的普通人，會有這種閒情逸致坐在書櫃前面，咬文嚼字，把這些變態的想法寫下來嗎？不管是出自律師本人抑或假裝律師筆跡的女朋友手筆，也是不自然的。

再說，花的動機，怎樣說其實也沒道理。僅僅是因為對於和優長得一模一樣卻性格完全相反的哥哥有興趣，還有利用哥哥的罪惡感去幫忙埋屍這兩個站不住腳的理由，就把哥哥設為緊急聯絡人，把他叫來嗎？還要冒著被身為警察的手足告發或者揭穿的風險，素未謀面的哥哥『良』對於花來說，她真的認為自己有那麼大的魅力、口才和智慧，把事件操控在自己手中嗎？從這裡可以看到，花的殺人動機和手法並不足夠和合理。」

仁閉上了嘴。不單是因為看法暫時告了一個段落，而是他發現從剛開始，良就一直托著腮，耐著心聽著仁的解說。被說出了小說的缺點，是任何作家的致死節，尤其是推理作家，有缺陷，也就是不完美，詭計不完美的推理小說，幾乎就變得沒存在價值。

沒辦法運用已經出現的既有證據掩蓋這些漏洞，徒然只是一部不完美的小說。

相反他做得到的話，才算是具備推理作家的最基本條件。

究竟他能不能夠在短時間內，填塞這部小說目前為止的所有破綻？一直思考這個問題的仁這下子才看到，良臉上的表情可謂是絲毫不動。就像是對於仁剛剛的質詢毫不在意似的。

他是一個那麼會聽人意見的作家嗎？正當仁為此感到好奇的時候，良慢條斯理的舉起了三隻手指。

「你搞錯了三點。」

良的臉上卻沒有絲毫的不滿，嘴角也不著痕跡地咧起。

「一、作家的死並不是意外，而是花蓄意謀殺。二、日記的筆跡也不是模仿，而是由作家一人寫下來的。三、優的死，哥哥『良』只是其中一個原因而已。」

「願聞其詳。」

仁從沒聽過這個部分。

他聽到的版本，只是良差不多一年前在咖啡廳對他提到的細節，也就是花被良揭發後，警察破門入屋為止。良在寫作的時候雖然一直也有這種故弄玄虛的習慣，當然也算是仁默許的，那麼一來當他看到初稿的時候，也才會因為出人意料的結局而驚喜。但是在這一刻，仁回想故事的發展，他不相信良可以利用手中僅餘的證據，把故事的走向完全逆轉。

要是提出新得證據，就是犯了後期昆思問題。這樣一來，還是良的失敗。仁總是覺得，良提出的所謂三點，只是他臨時虛張聲勢的反駁而已，於是仁不再說話，只是繼續雙手抱胸。

「你可能誤會了，以為花殺死優，就像跟優殺死汶一樣，只是玩性虐遊戲後衍生出來的意外。然而事實上，是花早就想把優殺死，只是利用了優寫的日記誤導哥哥『良』。

要理解花的動機和犯罪合理性，就要先知道花和優之間的關係，從相識到相殺的前文後理。本來這篇真正的動機是寫在解答篇，也就是到了花被拘捕之後向警方投自白書的時候公開。我的確從沒有對你說過這一點，所以你也會從一些細節上看出哥哥對花動機的推測並不合理；只是我沒有想過你猜不出隱藏到最後的那個真相。

剛開始的時候，花的確以為優是師爺，但是到了沒多久，她看到優很多不尋常的舉動，有時會在聲稱上班時間的平日看到他單獨一個人呆坐，又或者只要和他談起工作的事，就會顧左右而言他，甚至拒絕回答，而花也沒在優的住處中找到任何證明優是師爺的證書和文件，因此也使她開始懷疑。

花打算和他翻牌之際，就發生了一件逆轉所有情況的事——優對她性侵犯。這個是花所意料不到。雖然優的身形瘦小，但是也足夠把花壓倒，這也是優會挑花作為女友的原因。完事之後，花隨即表示報警，優以為花是和想像中一樣容易控制的女孩，起初也只是想用他擅長的口甜舌滑把事件平息，然而花把自己一直以來的觀察拋出來。優知道事情已經沒法控制，於是就說出自己是作家這個事實。

優把日記和創作筆記給花看，讓花相當感興趣。因為花正是優筆下那種控制欲強的人。她利用自己遭到性侵的證據，威脅著優，成為自己聽話的奴隸。而當中的獎賞，就是以真正虐待愛好者的角度，協助他繼續創作小說。

這種扭曲的關係持續了一段時間，花也漸漸從優口中得知兄長『良』的事情。她發覺比起眼前曾經欺騙過自己的男人，她對認真又靠譜的哥哥更趨之若鶩，她按步就班的操弄他，而不是單純以威脅來操控一個男人。或者換個說法，因為找到了更具挑戰性、看起來更有趣味的玩具，花玩厭了優。加上優曾經將她強暴的事，讓她感到相當屈辱，一直也懷恨在心，然後剛好，她看到優在日記中設計了藏屍的詭計，覺得相當方便有用。她於是跟從小說的做法，殺死在床上的優，然後把屍體埋在石膏裡面。接著，她也通知了房東，把緊急聯絡人加入了哥哥的電話。結果，一直沒有和優聯絡的哥哥，聽到自己弟弟欠租和失蹤，作為警察的本能、還有兄長的本分，也讓他不得不插手這件充滿犯罪意味的事件。然後接下來的開展就是小說的開場。」

「聽你敘述了一大輪，細心想也不過是你的自說自話而已。而且你不覺得所有事情也太巧合嗎？」

「例如？」

「如果哥哥沒能發現日記？」

「哥哥一定要看到日記。如果他只是看到石膏磚的話，不清楚來龍去脈的他，搞不好會報警，因此日記是必要之物。因此如果遇到你說的那個情況，花就會說偶然發現日記，再拿給哥哥看。例如見面後兩三天，花傳訊息給哥哥，說發現奇怪的日記，再要他上來閱讀就可以了。

有一點很重要的是，把衣櫃的鎖弄破的人一定要是哥哥才行，那麼也會讓他先入為主的認為他是第一個發現石膏磚的人。雖然花也是有上鎖的可能，但是如果衣櫃從一開始就沒鎖，而且花說沒有發現到水泥，那麼哥哥對花沒參與在內的可信度會大大下降。而花自行破壞衣櫃的話，花就沒法深化自己的膽小的個性，讓自己遠離嫌犯的可能性。」

「那麼如果哥哥打從一開始就知道優是作家？」

「小說設定上雖然不可能，但是即使他知道了，花也只不過把自己的計劃推前，只要她聲稱自己對優是作家的事一問三不知，這種無法證偽的言論，良也不可能追問下去。況且，不是有『你』這個編輯出來鬧事，讓『優是作家』這件事暴露嗎？」

「也就是說，花的算盤不單單想到『優是師爺』的層面，連『優是作家』的層面也要考慮到。」

「其實應該反過來說才是，因為畢竟優是作家這件事是現實，總會有可能是揭穿。而師爺則是推動良棄屍的動機。簡單而言，哥哥以為優是殺人犯，一切也會好辦事。」

「但是，如果哥哥得知優是作家的事，那麼他應該就會認定石膏磚只是道具啊。」

「沒關係，不過就是讓哥哥知道優沒殺人，而他的缺席是有原因的。況且，她的目的從一開始也包含勾引哥哥，只要達成了這個條件，石膏磚可以再找方法解決。扔去海邊又好，放在堆填區也好，總有方法解決。」

「假如哥哥報警的話，又怎樣算？」

「花早就把優的指紋和臉孔也燒掉，而且也把牙齒砸爛沖去馬桶。基本上一時間也不會查出身分來，然後只要把日記交出來，再對照字跡，就會證實日記是優親筆，那本書也會成為他的罪證。」

「但是哥哥和花攤牌的時候，不是假定了日記是花偽造的嗎？」

「那是因為哥哥先入為主，認為花是意外殺死優，才會有這種錯誤的推理。

「你試想，如果是描述她意外殺了優，用自己寫出來的日記，虛構出一個橋段出來，那麼再找哥哥協助棄屍，一來難度極高，既要有即時的創作力、又要兼顧筆跡要和優一模一樣的極高壓力，擺明不是短時間或者非刻意的凶手能夠做到。加上如果以日記為花虛構的前提來出發，以我作為作家的角度去看，心理的轉折反而顯得奇怪和突兀，而且沒法特顯花的惡女性格。

最重要的一點，如果日記是偽造的話，危險性相當高，因為她不知道身為哥哥，有沒有可能看穿字跡是假的，而且雖然花和編輯素未謀面，但是至少優是作家的她，也會設想到編輯會察覺到那個字跡。況且我也不認為抄寫字跡是一件容易做到的事，至少比分屍或者藏屍更困難。因此也足證日記不可能是偽造，而是真確的。正如你之前所說，如果花當真殺了優，又怎會花那麼多心機寫一部日記，又冒著被揭發的風險把哥哥叫來？整件事也是不合理。

相反，安排花跟隨日記殺死優，心理轉折描寫反而在合理考量之中。如果優不是作家，又在日記裡預備了萬全的準備，花或者也不會這麼容易起了殺機，僅僅和優分手就算了。但是，她對於一直欺騙她、沒在對方認可下單方面毆打性虐她、甚至把她後來從求饒的優口中，得知他是作家之後，就對於把自己當成是寫作工具的優相當憤恨。但是這樣，也不足以驅使花殺人，因為一般的女性，大多也只會繼續順服或者選擇分手而已。然而花並不是這樣的普通女孩。花真實的性格，從她得知優的真相之後，利用優毆打自己的事情作威脅，取得性虐遊戲的主導權就可見一斑。和她嬌滴滴的外表不同，花是一個控制欲相當強的女人。她明顯地不喜歡被壓在下面，包括性愛抑或關係上，因此才會對優把自己強暴的事感到羞恥屈辱的主因。

「另一方面哥哥本身的性格認真，花想到哥哥可能是一個更容易控制的男性，而且還擁有警察這種極上控制欲的公權力，健壯的身體自然也比優好玩多了，如果將之征服的話，所獲得的快感可是花前所沒見的。而且，把優殺死了的恐懼，連同屍體放在同一間屋裡面，讓罪行處於隨時被揭發的情況，加上和前男友的哥哥廝混的背德感，也會讓花興奮不已。那麼強烈豐富的動機和情緒，是其他的解釋也無法企及。」

良喘了口氣，就沒有再說話。仁等了一會，見良沒有開口，就知道他說完了。於是他把一直緊閉的雙眼重新張開，望向默默注視自己的良。

「我假設你所有的解釋也尚且合理的，但是你也是沒法把日記過於小說化的問題解決。」

「我不就說了，日記本來就不是真正的日記，只是創作筆記。而對我而言，日記之於小說的作用，說穿也只是一個現成的工具，方便解釋花殺人的意念從何而來。因此日記的創作由身為推理作家的優操刀，會顯得相當合理。」

「你沒有搞清楚問題。我不是說日記是優寫出來，所以過於小說化。日記一開始的作用是懸念，真的讓讀者以為是那本是一本日記。即使後來出來的結果，日記只是創作筆記，也不會構成日記就必然寫得文謅謅。」

「那是因為寫一部長篇小說，起碼要八萬字。你知道我平常只是寫極短篇，不擅長寫長篇小說吧。」優看來有點憤憤不平，他急忙反駁仁，而且聲線愈漸尖銳，「再說，那篇只是初稿，也就是你剛剛提到的『彷日記』，還沒有放入小說之中，隨時也可以改。何況，我不同意你的說法，你想想，《別相信任何人（Before I Go To Sleep）》也是這樣的形式啊。所謂的日記，佔了大半本書，我也花了一兩天去看，你能夠想像克莉絲汀可以只用半天時間看得完嗎？根本就不真實。但是，人家一出版，就一書難求，甚至翻譯成超過30種語言啊。」

「嘿，人家是歐美暢銷小說作家。」

「他沒有出版這本書之前，還只是一個在寫作班中奮鬥的新人。而且，我不是暢銷小說作家嗎？」

仁強忍著想哼出聲的衝動。

「你退一萬步來說，也只是在華文地區裡面，賣得比其他作家好一點點的小說作家，和暢銷根本就扯不上關係，還要這種情況是前兩年的事而已。而且，我剛剛的重點並不是談暢銷，而是在『歐美』『暢銷』的作家。」

「不明白。」

「你怎會不明白？歐美地區的處境和我們不一樣。他們的讀者有的是時間，喜歡慢慢進入故事的世界裡面。這也是為什麼驚慄和幻想小說是歐美創作市場佔那麼大的比率。因為他們的節奏和文化就是這樣。想想Steve King？想想《黑塔》？想想一套歐美劇可以開多少個季度？他們書本和媒體的分量，是我們遠遠追不上，都是不需要追得上——因為在亞洲市場裡面，那麼重分量的小說，若果沒有影視化加持，根本就不可能流行。而且以英語作母語讀書群比亞洲地區大很多，市場才可以有容納極長篇小說的空間。」

「我改就可以，反正只是初稿。我在監獄的時間，足夠我改好幾次。」

「不、不，你還不明白。你的致命傷不是文筆。」仁搖搖頭，「是詭計在現實中沒法實現。」

「我做了一次了！這也是為什麼我會學方法演技的原因。」

「沒有。你沒有完全把故事演完。」

「我哪一部分有問題？」

「你的計劃，是想一個女人不小心在一場性愛遊戲把一個作家殺掉，然後把屍體放入一個膠箱，然後再放入未凝固的石膏之中，對嗎？」

「沒錯，有什麼問題。」

「問題可是大啊。」仁吐了口氣，雙手抱胸，「一來在於細節上。如果花回來之後一直也住在優家裡，一個女人，怎會一直也沒打開衣櫃？要到第五天之後才發現石膏，不會很奇怪嗎？」

「不會。花是兇手，所以沒這個需要打開衣櫃。」

「這個就是盲點。因為你潛意識知道花是製造石膏磚的元兇，但是這樣卻正正表示完全沒塑造出『無辜的花在男友家暫住』這個角色，結果出現了這種半吊子的錯誤。只要有在人家長期過夜經驗的讀者，就會對這種生活化的感到可疑。」

「那麼，就說花帶了自己衣服過來……」

「然後放哪裡？」

「放袋子裡！」

「天啊，如果你是一個正常的女孩，長時間住在一個地方，還要是男友的家中，怎可能不會打開衣櫃裡？反而放在袋子裡發臭？」

「你說得對，那麼就把這一點變成是花是兇手的一個疑點，放到兩人對峙的時候，哥哥搬出來用的線索，以證明花真的知道日記還有石膏磚的存在，那不就行嗎？」

「還真的嘴硬，我看你根本就看不出這一個細節。不過，那個只是小事，你最致命的錯誤可不在這裡。」仁指向玻璃窗後方的良，「一個嬌小的女性，才不可能有力氣把一個大男人的屍體搬到放在衣櫃內的一個大箱子裡頭。」

「如果那個衣櫃到底部也是空心的話，不就可以嗎？」良反駁道。

「你哪裡找來這種樣式的衣櫃？還要多花筆墨去說明，否則就會缺少了小說的公平性。再說，我已經漠視了一開始把優描述成精瘦男性的設定，當是可以把一個豐乳肥臀的女性放在膠箱裡面。你可是以花作為藍本，你想想一個嬌小的女人拖動一個男人，你猜猜有沒有可能？」仁搖搖頭，「而且，一般在街外買到的膠箱，根本就不可能裝得住一個成年男人。」

「當然可以。你別用那種眼神看著我！你知道為什麼我要花這麼多筆墨去寫碎屍的情報嗎？那個不是多餘的敘述，而是刻意留給觀眾的線索啊。確實，優把汶的屍體搬到膠箱裡面，理論上還是可行，但是花就難得多了。對某些思想比教清晰精細的人，的確會把這個設定當成是現實中無法實現的盲點甚至缺陷。不過，只要在解答部分補充花親手把優碎屍，再把容易搬運的殘肢放在膠箱裡，製成石膏，那麼就可以解決你以上提出的所有問題。既能夠讓一個女人輕鬆處理男人的屍體，也可以減少成年男人屍體所佔的位置。你還要想想，優是一個肌肉量和脂肪也不多的男人，佔的空間就更少了。」

解釋完畢的良，長長吁了口氣，雜音透過話筒傳到仁的耳邊。仁猜他應該知道自己已經回答完所有可能會被質疑的問題，於是鬆了一大口氣。

「我當你所有破綻也解得通……」

「寫好之後會再拿給你評價。」良插話，他似季不打算讓仁繼續說下去，「你目前的工作就是用我剛剛說過的理論，重新說服總編輯繼續出版我的作品。之前要你配合我假扮優的編輯，真是辛苦你了。」

良端正坐好，向仁點點頭。仁差點想說「還好吧。」之類的客氣話。確實和之前和良要仁扮演的角色相比，只是安安定定做一個編輯，簡直稱得上是輕鬆。但是，仁最後還是把話吞下去。

「那麼花呢？」

聽到仁的質問，良剛剛才緩和下來的臉色，頓時又變得難看了。

「你要我陪你玩，沒問題。但是你三番四次將花拉下水，又是什麼回事？」仁忍著不把後面的話說下去。他知道一旦將那句話說出來，良大概就會察覺到端倪。仁稍稍觀察良的表情，只見良把臉埋在左手裡，耳邊傳來他磨擦臉頰的聲音。

「我……我出來之後會跟她道歉。」

「我覺得她不想見你。」

「你覺得？」

良手上的動作停了下來。

「她不想見你。她說的。」

仁說完，隨即將嘴抿成一線。

「是你。」

冷酷如冰的聲音，和剛才激動的語調不一樣。良短短的話語，卻令仁不寒而慄，於是他提高聲調，倖倖然反問：

「你在說什麼？」

「是你令我打花。」

「動手的人是你，我怎樣令你毆打花？」

面對著良的指控，仁也開始大動肝火起來。

「《陰獸》、《D坂殺人事件》、《別相信任何人》……這些作品也是你故意拿給我看，就是想誤導我，讓我演得興起的時候動手打她。」

仁不禁失笑。

「少含血噴人。從來要玩方法演技的人是你，玩到走火入魔的人是你。說沒有寫作靈感、陷入瓶頸的人又是你。我只是提供了一些經典讀物供你參考，根本算不上什麼。我有迫你這樣做嗎？我和花很久之前，已經常常勸你別再用這個方法，只是你總是一意孤行。上次寫工地殺人案，你不是也差點遇上意外嗎？結果你還要諉過於人？」

「既然你認為我這麼演得這麼過分，你們還配合我？」

「那是因為我和花兩個人也知道作家是你的終身事業，我是你的編輯，又熟知你的脾氣，我會這樣做也是很正常啊。但是花，她單純因為愛你、支持你才配合你，你現在反過來怪她？」

「如果你一早就來阻止我，我就不會傷到花，她也不會恨我。」

「你是不是有病？你監禁一個多月，也還是毫無反省？還有，我們一早就有阻止你。」

「別裝！什麼時候？」

「這個是你和我們一早協議的！因為上次的意外，我們和你訂立了一個安全密語（Safe Word），只要你聽到或者看到那個字詞，，就知道要回到現實來。」

「嘿？」

「《Panter》」

仁一個小巧鐵盒子掏出來，良欠身看了看煙盒。

「你不會忘記吧？一次是我和你在黑布街那邊，另一次是花在酒吧門口的時候。」

良用力摸著自己剃成寸頭的頭頂，一臉苦惱的樣子。緊皺的眉頭，差不多要和半靜的眼睛黏起來。

「你忘了。」

「不！你在說謊！根本就沒什麼安全密語，你以為是什麼？性虐遊戲？」良從椅子彈起，用手指著仁，「是你，不，是你們算計我！」

「什麼『我們』？」

「還在裝傻？你和花！你一早就和花好上，但是一直苦無機會，然後你們想到只要陷害我，讓我在無法自控的情況下傷害了花，令到我和她的關係決裂到無法修補的地步，那麼你們就可以名正言順的在一起。」

仁一時間不知道應給他什麼反應。

「你真的瘋了，我何德何能可以控制你傷害花？況且，如果我真的喜歡花，我又怎會捨得讓你令她的臉頰留下傷痕？」

「所以就是說意外，而且，對啊，花破相的事也只是你的一面之詞，是你單方面和我說，我憑什麼要相信你？」

「你夠了！」仁大喝，良似乎沒料到仁會這麼大反應，身體稍稍縮起來，「為了推卸責任，你真的什麼也說得出口。你傷害了花，這是不爭的事實。」仁站起來，被推動的椅子發出尖銳的聲響，「你糟透了。不管是身為作家，抑或男人。你太糟糕了。」

「等、等等。」

良連忙想叫著轉身離去的仁，仁的腳步倏然而止。

「我不會再回來。」仁轉過頭來，他知道這一刻是大概是最後一次和良四目交投，「花也不會。你就抱著你的小說過世吧。」說罷就起步走。仁不知道良還有沒有叫著他，他忍著把雙手掩著耳朵的衝動，腳下的步伐也愈漸加快，腳步聲也在空曠的走廊上響起回音。

獄吏看到仁，著他停在大鐵閘前，就像剛剛一樣，一直在旁邊看著書、年紀比較老的獄吏從椅子站起，走到大閘旁按鈴。他刻意去記著獄吏的步驟和特徵，盡量想忘卻剛剛在探訪室的所有對話。

因為良最後所做的一切推測，幾乎也被說中了。

鎖被打開的聲音在密閉的監獄中響徹。

門鎖被扭開，聲音吸引了花的目光。坐在病床鋪上的她抬起頭，仁稍稍反手把門關上。他手中提著一個保溫袋。

「有好一點嗎？」

嗓子保持一貫沙啞低沉，他柔聲問道。仁走近花的床邊，保溫袋擱在床頭高度及腰的儲物櫃上。櫃頂所剩的空間並不多，都堆滿各式的小說和法醫參考書。書是仁在圖書館裡借來的。

花從剛開始就一直沒有開口回應，只是緊緊盯著手提電腦的螢幕，有時手在電腦鍵盤上敲打著，或者在滑鼠板上劃動。咆勃系爵士樂從電腦喇叭中輕輕洩出，銅管樂器溫柔地把整個獨立病房的空間塞滿。

仁把保溫袋打開，把裡面的飯壺和保護瓶分別放在櫃面上。

「吃飯吧。」他邊說邊移開堆在櫃頂上的書，「我帶了有營養的菜來了。」

「有營養。也就是說不好吃。」

「不好說，畢竟是我做的。」仁把飯壺的蓋子扭開，幾乎看不見的白煙，就從禁錮中逃出來，「至少比妳的好吃。」

花回頭，狠盯了他一眼。

「至少比『妳在醫院吃到的』來得好吃吧。」

仁改口。至少她對自己的話回應，他在心中自我安慰著。這時的花，目光已經重新放回手提電腦的螢幕上。仁從眼角稍見她正大大的張開口。

「不會吧？」

花的嘴繼續張開，長長「啊……」的一聲從她的擴張的喉嚨間散放出來。苦笑在仁的臉上顯現，他用匙羹挖了口飯，然後送到花的嘴裡。

花默默嘴嚼著。

「好吃嗎？」

「不。」

花搖搖頭。

「我可沒想到妳會說得這麼直接。」

「說好了不會欺騙對方。」

「只是沒料到妳會這麼誠實。」

「我把你這句話當成是對我的讚賞就是了。」

花再一次張開已經空出來的嘴巴，仁也把一早裝滿飯的匙羹遞出去。

「如果不想再吃這種淡飯，那妳就快點康復了。」

「我也想，」嘴中塞滿菜飯的花，話講得含糊，「我的腿不可以。」

花指著自己那隻被帶子提起、包著重重石膏的左腳。

「就叫妳做事別太用功。」仁笑著說，「要不是那天我來看妳，搞不好妳已經因為沒有看到而餓死了。」

「才沒這麼誇張。」

「妳要的人，我已經準備好了。」

仁毫無預警的轉了話題。

「房間也是？」

「按妳的意思。」

仁把自己的手機遞到花的眼前。她瞧了一眼，又來回撥弄螢幕，皮製沙發床、掛畫、櫃子，還有開放式廚房。自己從兩年前一直在居住、凌亂得不行的家被整理得井井有條，讓她幾乎忘了以前的室內格局是怎樣的。

雖然還是和花想像中的模樣有些出入，但是反正也只是湊合而已，到不喜歡的時候再修改一下就可以了。

「很貴了吧，那些參考書？」

仁聞聲就湊過臉去，看著花指著的一張書櫃照片，櫃上整齊排放著厚厚的書籍，書背上寫著各種難懂的英文。

「只是把書皮列印出來，黏在膠箱的上面而已。裡面還是空的。我們才沒有這麼多預算。」

「說的也是。」花點點頭，接著又望向仁的臉，「我想你再幫我多準備一件物資。」

「是什麼？」

她用下巴示意著，於是仁望向床邊。

「石膏粉？」

「買剛好可以裝滿一個大膠箱的量。」

「可以說一下妳在打什麼主意？」

「我的腳，不臭吧？」

「說了妳可別生氣。」

「我會喔。」花回答。仁不知道她的意思是答應會不生氣，抑或是表示聽完後會發脾氣。不論是哪一樣，仁還是打算說真話：

「不臭喔。」

「這就是原因。」

花點點頭，彷彿是說了一些自己很滿意的話。接著她盯著一段時間靜靜沒開口的仁。

「你都沒有話要說嗎？」

「我會幫妳處理。」

花從鼻孔哼出聲來，在一旁的仁則嘿嘿輕笑，又把菜飯遞到花噘起嘴前。鼻孔噴著氣的花，緊閉的唇和一直被她無視的匙子在幾次交會，氣呼呼的她還是把眼前的飯一口吞掉。仁靜靜看著花那張肌膚被明亮室內光照得通透的側顏，一直在腦內備擬醞釀的句子，從進來以前就收在喉嚨的頂端，隨時也可以吐出，但是直到現在，仁也還是沒說出口的勇氣。他閉上眼睛，在花不察覺的情況下深深呼吸。

「那樣好嗎？」

最後還是說出口。仁注視著眼前的獨立洗手間，鏡子剛好照著他剪成清爽三分油頭的頭頂，他慶幸著看不見自己的臉。

「你的意思是指？」

「把自己的癖好化成靈感。」

「哪方面的癖好？」

仁沒回話，也不知道花開口的時候，臉上是怎樣的表情。從剛剛提問之後，他一直也不敢望花的方向。而且，他還在思索著究竟說出哪一種癖好，才不會讓花發怒到把手中的電腦扔到自己的頭上。

「你是想暗示我江郎才盡，對吧？」

花的語氣寧靜而平淡。仁向來也很喜歡她這一點，即使心中的情緒再波動，任何事情也還會說的雲淡風輕，雖然表情和行為並不是這樣就是了。也因為這樣，仁總是不能夠從她的說話方式中猜出她當下的情緒，就像現在這個情況，不看她的臉，就沒法知道這句話的意思。

有時仁想她說話有時可以更坦率一點。至少只有兩人一起的場合。

「妳不否認。」

一直打開的窗外，傳來私家車引擎開動的聲音，還有秋風經過樹葉時發出留下沙沙的嘶啞，像是為久久不散的暑氣發出微言。花的嗓音和夾著雜音的老舊爵士樂，一起融入粉白的空間裡，然後順著仁的耳膜刺入他的心臟。

「但是你相信我會寫出好的作品，對吧？」

仁點點頭，胸中一直傳著疼痛著的他，沒辦法從口中吐出好聽又不客套的安慰說話。他最後還是壓下不適，緩緩地開口道：

「我會盡全力配合妳。」

「是以編輯的角度？」

仁想回答，他轉過頭來，只見花不知從什麼時候開始，一直注視著自己。她的神情沒有仁預期中般生氣，看起來反倒還有點悲傷，不斷眨著的眼睛反射著午陽，瞳目內的濕潤讓仁頓時把嘴中的否認吞回肚子。剎那間，他彷彿看懂了她的想法。沒人比一個作家對於自己的腳步滯留不前更為焦急不安。然而她眼內閃著的粼光，與其說是流露著不甘心，更像是自身的能力沒有被人們相信而失望。也是我的錯，讓她露出這種表情。仁暗自明白，但是這次他不再想說話，同時一直優柔寡斷的懦弱也瞬間被吹走，他只是慢慢靠近花。伸手撫向沒化妝的臉蛋，輕抹她幼嫩的眼簾同時，也柔柔地用嘴碰著她一直緊咬著、被十一月的空氣刮走了水分的雙唇。

兩人交換著對方吐出的氣息。

「……鬍子刮痛我了。」

花一把將仁推開，抱怨著。

「去，將它們都剃光。」

「現在嗎？我又沒有刮鬍刀。」

「你又不是小狗，用不著我每次也要我下指令吧？」

仁微笑著退開，花也繼續望著的電腦上，仁發現她的嘴角比剛剛看來，變得可愛了。

「那麼，決定什麼時候開始？預演。」

把飯壺的蓋子放回原位。雖然飯還剩一半，但是仁知道這一刻的花，不會再有進食的胃口。他邊把飯壺放回保溫袋中，等待花的回覆。

「康復之後再說。」

John Coltrane的Giant Steps，這時到了鋼琴獨奏的部分。一個念頭在花腦中錯開，然後又跟在空中飄揚著的音樂重新交匯。想到或許可以把這個節拍加進開場去吧，於是她快速把搬動著滑鼠盤，當畫面滑到了沒法再前進的盡頭時，她把手中重新放在鍵盤上。

——擁有著各自節奏的步調，在樓底甚高、狹小的唐樓梯間響徹不止。

（全文完）

【後記】

（本文涉及謎底及詭計，請斟酌閱讀）

感激秀威資訊出版和編輯喬齊安的邀請，這部島田莊司獎的決選落選作品才得以付梓。得知作品無法進入決選之際，人在西藏大昭寺，吃著混了蘇油茶的糌粑生悶氣。事後看來，作品的不足滿多的，還有自己需要學習的地方。

當年構思這部作品的時候，純粹想試著用後設推理的方式，寫一篇沒有屍體的凶案。我想比起想突破什麼界限以外，玩味性質其實佔大半。尤其這部是我第二部非線性敘事的實驗作品，下筆時所考慮到的，只有怎樣在（所剩無幾的）公平性的前提下，編排認為是最佳的敘述時序，牽引出詭計和故事的驚異性，嘗試讓娛樂性和推理性並重。

除此之外，整個故事的企圖也不小，「多層結構」就是其中之一。當時的想法是，把小說章節分成〈序〉、〈破〉、〈解〉、〈急〉四章，每章的結局也讓故事的走向以不同方式顯現，造成豐富的層次。最特別的地方在於即使缺少後面的章節，也能夠作為一篇完整小說看待。例如故事只有〈序〉〈破〉，或者缺少〈解〉章，故事情節也不會因此而顯得不合理或者不完整，也就是說這部小說是三部完整推理小說合成、卻又互有關連的一部長篇小說。

同時又試著把故事的詭計又分成六個層面，每一層也有著逆轉性的劇情，角色的身份也會因而有所改變。第一層（〈序〉）的優是師爺也是兇手，第二層則是作家（〈破〉），第三層優依舊是作家，不過早就被女友殺死，放到石膏裡。第四層（〈解〉）會揭曉一直調查優失蹤事件的良本身就是作家，一至三層也只是他構思的橋段，並試圖在現實中演繹。第五層暗示優所做的一切演練，也是花和編輯的所引導的。而最後第六層（〈急〉），一切以上的故事也是由身為作家花自導自演，目的和故事裡的優一樣。

另一個企圖是「另類挑戰書」。一般推理小說的挑戰書，就是偵探在某個時點，表示手上已經擁有解題的所有線索，以此挑戰讀者是否能與偵探一樣推理出真相。

小說的〈序〉到〈破〉，負責描述兇案和過程解說。但是到了〈解〉，編輯會指出前面章節出現的漏洞。「另類挑戰書」要求讀者不單具有洞察矛盾的眼光，還需要和身為小說作家的主角一起面對和思考編輯拋出的質詢，在前文提供並已知的證據和線索之下，和主角競賽，思考改善方案，把故事的漏洞填補，重組真相，改寫成走向更合理的結局。換言之，讀者並不是站在解破真相的偵探面，而是站在兇手／作者的角度，令兇案呈現得更接近完美犯罪（雖然Overall這部故事並沒什麼完美犯罪）。

這種後設的概念和意圖，在往後的作品也會再出現，甚至已經制訂了一個系列。當然，是以更完善和緊密的姿態。這部作品，就當成是自身寫作歷程的一個刻記，讓將來的自己看到作品成長的履步有多闊。畢竟比起成名作或者暢銷作，讀者會更傾向去觀摩那個作家的處女作，看看人家的黑歷史歡愉一番。

《阿帕忒遊戲》投稿小說獎，必須談及作品怎樣符合島田莊司提出的「21世紀本格推理宣言」，然後我胡謅了一些理由。比如說，這篇小說其實是對新本格推理小說的未來演示。

推理小說的發展已經接近兩百年，尤以這一百年更為豐富。能夠憑空想像的詭計已經愈來愈少，即使七十年代日本為了復興推理小說而掀起的「新本格革命」，也已經是四十年前的事，各個推理大師也可謂淋漓盡致地，把可想像的詭計也用得七七八八。於是前人所設定的門檻過高而沒法超越，做不出經典，「敘述性詭計」和「社會派」依然大行其道。但是我認為新本格不可能跟隨這個方向發展。

因此我看到的新本格未來只有三個。

一，踏著前人的腳印，在既有的詭計基礎（i.e.：密室、館犯罪）添加新設定或者背景（i.e.：未來設想、科學理論或新科技）。然而正如前面所述，要寫出好的作品不難，但是要寫出傑作，就如入浮泥，愈是伸展陷得愈深。這個年代要從這個方向造出經典，只有天才能夠做到。而我們大部分人也不是。

二、在故事中創造新的規矩，從中作出推理。例如造出一個虛擬空間或者虛構設定，並訂立規矩，在既定的框架中推理並解開謎團。這個設定在近十年多前才開始看到發展趨勢。事實上，島田獎的入圍名單裡，也有一些故事採用了類似的模式（E.g.薛西斯《H.A.》）。日本也有作品和漫畫朝著這種方向發展，比如《死亡筆記本》，就是做了一次演示。以筆記（虛構設定）上的規則（既定框架），展開有限度卻更加豐富的推理。但是這種模式，也很容易落入大逃殺式的走向，為了建造緊張感和困難度，往往會訂立一些誇張甚至沒法完成推理的規則，影響了整本書的完成度。

三、後設推理。其中一種做法，就是把一部虛構的作品重新評論，推理，甚至把作品導出更完美的結局。事實上這種概念並不新鮮，早在竹本健治的《匣中的失樂》已經運用了這個構想。梅菲斯特獎的得獎作也離不開後設概念，甚至多到逐漸成為小說獎的主流。但是這些書籍多數被稱為奇書，就是門檻比一般的作品高，而且資訊量和考究也相當龐大（也就是所謂掉書袋）。在流行小說當中，會用上後設概念的非純文學是少數，以此作為詭計更是屈指可數。直到最近梅菲斯特獎的作家紛紛投入新的創作，才帶起了風潮（E.g.《id‥invaded》）。重點是後設推理的說服力、推理性和公平性較一般推理作品低。

於是這本作品，嘗試在這個基礎上作了一個小預演。即使是後設小說，也可以符合大眾文學的口味，同時可以滿足合理的推理過程。有趣的地方是，讀者的角色不再是看穿詭計和矛盾的偵探，還要站在兇手的角度，重新設計更完美的犯罪。這種需要讀者多走幾步的設計，相當罕有的體驗（至少在華文推理中），也是後設推理小說的獨特之處。

後設的理念，並不限於形式和架構上，我希望做到的另一面，就是利用後設推理小說，批判推理小說甚至是小說的層面，當然這也是後話，至少不是這本小說。

最後，這部作品很有可能是我30歲前，最後一本出版的小說。香港在二〇一九年後半，陷入了民眾意識形態兩極化的境地，抵抗極權的人們，在街頭燃起35年來埋藏的政治藥引，燒毀了上一代的謊言、以及下一代的前途。半年來太多被殺死的人、被掩沒的真相，還有被化為日常的政治清算。而我們知道，只要在中共治下，往後只會出現得更頻繁，更令人習以為常。這半年的香港人，拋棄自己半輩子懷抱的天真幻想，在刺鼻的毒煙、故亂掃射的子彈、被政權允許的暴力、被法律包庇的謊話之間，一無所懼，為下一代不受壓迫的未來奪回本應屬於我們的自由、權利和尊嚴。在這場運動，有7000多人被拘捕，而我則被政府控告最嚴重、也是最容易判監的「暴動」罪。剛剛走到20歲中段的我，從監獄出來，已經是而立之年。

等待漫長的審訊期間，利用所剩無幾的自由，我不斷書寫。年末，寫了一部推理短篇，只有反送中運動出現才能夠達成的詭計。下筆寫後記的時候，剛好得知那部短篇入圍台灣推理作家協會獎的準決選，希望不會像上一次那樣，光榮落選。

——3.3.2020

【解說】／冒業

（本文涉及謎底及詭計，請斟酌閱讀）

《阿帕忒遊戲》的後記十分精彩。

子謙毫不吝嗇地將四層敘事結構和六層謎團的「設計圖」交出來，還詳盡說明選擇「後設推理」為題材的原因，充分展現創作的企圖心、對推理小說的熱愛以及其紮實的「推理觀」。

他在文末交代了的近況。同為香港人，我祈願他最終能平安無事。願榮光歸於香港。

真假矛盾螺旋

好，回來談《阿帕忒遊戲》。

《阿帕忒遊戲》全書充滿單字，內文章節分別是〈序〉、〈破〉、〈解〉和〈急〉，令人不禁聯想起日本動畫《新世紀福音戰士》新劇場版與電玩遊戲《暮蟬悲鳴時》。五個人物優、良、花、仁和汶也全是單字，書中並未說明是綽號還是擷取自全名。故事由始至終都只規限於這五人（和一兩個配角），排除了絕大部分社會背景，製造五人之間兇手、戀人、受害者、幫兇、作家、編輯、虛構人物等身份的逆轉和變位，故此是否真名並不太重要。

〈序〉由雙胞胎哥哥良來到失蹤弟弟優的家調查開始。他從優遺留的日記得知弟弟有異常性癖、有個已經分開的女友花和殺死了叫汶的女人。這個認知來到〈破〉時遭到打破（也是「破」的意思）：優是推理作家，日記只是小說內容。〈破〉的尾段又有逆轉，死者是優，汶是虛構人物，花利用日記誤導良，希望他幫忙處理藏有屍體的石膏。〈解〉再度翻轉，原來良才是作家，之前他只是在演練小說內容。結末的〈急〉急轉直下，揭示花才是推理作家，一切都是她在自導自演。

阿帕忒（Apate）是古希臘神話從潘多拉之盒跳出來的欺騙之神，性別為女性，可解讀為對應〈急〉的花。《阿帕忒遊戲》運用書寫與演戲兩種造假技術，令案情不停往左右拉扯。寫日記的是優還是花？被殺是汶還是優？汶是真實存在還是虛構人物？石膏裡面有沒有屍體？是花利用優（良）還是優（良）利用花？當下發生的事件是排演還是真實？……這些二元的邏輯枝節一而再、再而三出現，將讀者扔進實證的漩渦之中，不停被玩弄。活在21世紀，我們每日面對的並非驚天動地的新奇詭計，而是事事難分真偽的困局。

後設推理的實踐

〈解〉是全書後設性最強的章節。〈解〉的「解謎」並非解開謎團，而是運用解謎技巧的推理創作。這是引入「推理作家」身份才能成立的特殊情節。

後設小說有兩種：一種是建築複數敘事層的「文體後設」，另一種是在文本中探討類型文學本身的「類型後設」。兩種後設並非涇渭分明，有很大的重疊。後設推理小說更經常會借助「文體後設」手法進行「類型後設」，《阿帕忒遊戲》也是其中之一。儘管它的「文體後設」比重高於「類型後設」，批判推理小說的力度亦未算太強，但也不失為一次嘗試。子謙已在後記表示這次只是預演，就如書中的推理作家演練犯案詭計。我很期待他的下一本。

推理小說很適合後設性的探討。因為它是個十分完善的體系，既有一套獨立的專門術語，也有明確規範。至於不斷實踐和反思體系的推理作家，本身就有大量故事可以書寫，越年老的推理體系題材就越多。只是華文推理界尚算年輕，類似的故事仍屬罕見。《阿帕忒遊戲》這部長篇後設推理小說的出現，也許標誌著「華文推理作家」的輪廓已逐漸清晰起來。

「解謎技巧的推理創作」當然早有先例。在日本，米澤穗信的《愚者的片尾》（古籍研究社系列第二部）、城平京的《虛構推理》和龍騎士07的《海貓悲鳴時》均透過混淆「推理作家」與「偵探」兩者，呈現出推理小說難以判斷其「真相」是經「發現」（偵查）還是「發明」（創作）得來的吊詭。《愚者的片尾》和《虛構推理》指控「真相」不在於是否真實，而在於是否有趣；《海貓悲鳴時》的「真相」更是用來打倒魔女的刀劍大砲，是手段而非目的。

《阿帕忒遊戲》於〈解〉的「真相」介乎兩者之間。一方面，優需要一個令小說變得更好的詭計。另一方面，他必須說服編輯仁這部小說是可行並合理的，從而證明自己是合格的推理作家。儘管我必須說，〈解〉在營造出優和仁之間張力方面力有未逮，但當中有好幾個地方都令作為推理迷的我連連點頭，深有體會。

身為神（作者）的兇手

最後，雖然看似與本作無關，但我想講一講「後期昆恩問題」。「後期昆恩問題」由日本推理作家法月綸太郎提出。他指出本格推理小說結末提供的真相根本就無法證明自身的完整性。只要出現「決定性的未知證據X」，解答就會被輕易推翻。真相再完美，都無法肯定「X」甚至「X＋1」絕對不存在。這是本格推理形式的結構性缺陷。

有人會質疑這是否日本推理界對艾勒里．昆恩（Ellery Queen）晚期作品的過度解讀。但撇開跟昆恩本人有關與否，它確實揭露了本格推理原本就存在的「後設性兩難」。事實上，九十年代以降的推理作家就算從未聽聞「後期昆恩問題」，面對這個創作與偽造的技術高度普及的世界，都會有意無意地在作品加入迴避「後期昆恩問題」的處理。

一般而言有兩種方法迴避。第一種是加入超能力：一種跳過搜證和邏輯推論、直接獲得真實知識的特殊能力。這設定能協助作品鞏固案件「說了算」的部分，保證無法遭到質疑，從而使真相不會無限後退。

另一種是奪走偵探掌握真相的功能，放到兇手身上，並以兇手視角描述犯罪計畫。在這種情況下，由於真相並非經推理得來，而是根本是兇手（作者）的構想物，自然不存在無限後退的危險。

兩種方法中，第二種尤其普遍。故事有個相當於作者化身（avatar）的操縱者，是掌控全局的「神」。案中每一個細節、偵探的一舉一動，都是其計畫的一部分。這一點我們在《阿帕忒遊戲》也可以見到。終章〈急〉揭示推理作家花是一切的幕後黑手，正是透過賦予她「神」（象徵「欺騙」的女神）的地位，將「真相」固定在第六層。

真的是這樣嗎？

在花的計畫之外，難道就沒有更上位的操縱者嗎？

或許，我們也正處於他人所設計的遊戲之中。

——5・3・2020

冒業（Faker）

科幻、推理評論人及作者

要推理73　PG2411

阿帕忒遊戲

作　　者　子　謙
責任編輯　喬齊安
圖文排版　陳怡慧
封面設計　劉肇昇

出版策劃　要有光
發 行 人　宋政坤
法律顧問　毛國樑　律師
印製發行　秀威資訊科技股份有限公司
114台北市內湖區瑞光路76巷65號1樓
電話：+886-2-2796-3638　傳真：+886-2-2796-1377
http://www.showwe.com.tw
劃撥帳號　19563868　戶名：秀威資訊科技股份有限公司
讀者服務信箱：service@showwe.com.tw
展售門市　國家書店（松江門市）
104台北市中山區松江路209號1樓
電話：+886-2-2518-0207　傳真：+886-2-2518-0778
網路訂購　秀威網路書店：https://store.showwe.tw
國家網路書店：https://www.govbooks.com.tw
總 經 銷　聯合發行股份有限公司
231新北市新店區寶橋路235巷6弄6號4F
電話：+886-2-2917-8022　傳真：+886-2-2915-6275

出版日期　2020年4月　BOD一版
2024年4月　BOD二版
定　　價　260元

國家圖書館出版品預行編目

阿帕忒遊戲 / 子謙著. -- 一版. -- 臺北市：要有光, 2020.04
面； 公分. -- (要推理 ; 73)
BOD版
ISBN 978-986-6992-41-4(平裝)

857.81 109002594

讀者回函卡

感謝您購買本書，為提升服務品質，請填妥以下資料，將讀者回函卡直接寄回或傳真本公司，收到您的寶貴意見後，我們會收藏記錄及檢討，謝謝！

如您需要了解本公司最新出版書目、購書優惠或企劃活動，歡迎您上網查詢或下載相關資料：http:// www.showwe.com.tw

您購買的書名：________________________________

出生日期：________年________月________日

學歷：□高中（含）以下　□大專　□研究所（含）以上

職業：□製造業　□金融業　□資訊業　□軍警　□傳播業　□自由業

　　　□服務業　□公務員　□教職　□學生　□家管　□其它______

購書地點：□網路書店　□實體書店　□書展　□郵購　□贈閱　□其他

您從何得知本書的消息？

□網路書店　□實體書店　□網路搜尋　□電子報　□書訊　□雜誌

□傳播媒體　□親友推薦　□網站推薦　□部落格　□其他__________

您對本書的評價：（請填代號　1.非常滿意　2.滿意　3.尚可　4.再改進）

封面設計____　版面編排____　內容____　文／譯筆____　價格____

讀完書後您覺得：

□很有收穫　□有收穫　□收穫不多　□沒收穫

對我們的建議：________________________________

請貼
郵票

11466
台北市内湖區瑞光路 76 巷 65 號 1 樓
秀威資訊科技股份有限公司 收
BOD 數位出版事業部

....

（請沿線對折寄回，謝謝！）

姓　　名：____________________ 年齡：________ 性別：□女　□男

郵遞區號：□□□□□

地　　址：____

聯絡電話：(日) ______________________ (夜) ______________________

E-mail：____